GABRI RÓDENAS

Die unglaubliche Reise der Großmutter Maru auf ihrem himmelblauen Fahrrad

GABRI RÓDENAS

Die unglaubliche Reise der Großmutter Maru auf ihrem himmelblauen Fahrrad

Roman

Aus dem Spanischen übersetzt
von Anja Rüdiger

THIELE VERLAG

Für die Menschen jeden Alters, die –
auch wenn sie eine glückliche Kindheit hatten
und denken, dass ihr Leben vollkommen ist,
oder die zum Glück noch keine furchtbaren Erlebnisse
hatten oder Krankheiten überstehen mussten –,
dennoch an manchen Tagen oder
in manchen Nächten den Verdacht haben,
dass etwas in ihrem Leben nicht so läuft, wie es sollte.
Und für die Menschen, die, ohne zu wissen, warum,
immer einmal wieder zurückblicken,
um nach dem Grund ihrer Traurigkeit zu suchen.

Einleitung

Man hat dir Märchen erzählt. Man hat dir Märchen erzählt, wenn man dir gesagt hat, dass du für die Schätze, die du in deinen Händen hältst, nichts bezahlen müsstest.

Aber keine Angst: Der Preis ist unbedeutend im Vergleich zu dem großartigen Geschenk, das du bekommen wirst.

Das Leben ist eine launische verspielte Dame, und sie gibt ihre Geschenke nur an Menschen, die in der Lage sind, ihren Wert zu schätzen.

Deswegen stellt es die Menschen gern auf die Probe. Aber keine Sorge, auch diese Proben sind eher ein Spiel.

Als Erstes möchte ich dir sagen, dass du, wenn du bis hierhin gelangt bist, die wichtigste Hürde bereits genommen hast. Denn wie du bei der Lektüre dieses Buches feststellen wirst, gibt es keinen Zufall, und so ist auch dieses Buch nicht einfach so in deine Hände gelangt.

Deswegen – und gerade weil du den entscheidenden Schritt bereits getan hast – bitte ich dich, jetzt dabeizubleiben.

Ich möchte dich mit auf eine Reise nehmen, und diese Reise wird dir helfen, dich so zu sehen, wie du wirklich bist. Sie wird dich durch deine eigene Seele führen. Sie wird dich viel Schönes und Wahres entdecken lassen und dir ermöglichen, die Welt, die dich umgibt, aus einer neuen Perspektive zu betrachten. Und diese neue Sichtweise wirst du niemals mehr verlieren.

Das sind nur einige der Schätze, die du auf deinem Weg finden wirst. Aber du erwartest hoffentlich nicht, dass du sie alle auf einmal bekommst, oder? Das Glück besteht ja gerade darin, sie nach und nach zu enthüllen, und das aus eigener Kraft.

Die Reise, auf die ich dich mitnehmen möchte, wird dich verändern, sie wird dein Leben zum Guten wenden, aber du musst auch bereit sein, einen kleinen Preis dafür zu zahlen.

Worin dieser Preis besteht?

Ganz einfach, du musst die ersten beiden Kapitel lesen. Tatsächlich befindet sich die Tür zu der großen Reise, die dich erwartet, erst am Ende des dritten Kapitels, und wie du sicher weißt, benötigt jede große Reise eine Reihe von Vorbereitungen. Zum Beispiel musst du dir im Klaren darüber sein, warum du sie machen willst, bis zu welchem Punkt dein Herz bereit ist, sich von alten Gewohnheiten zu trennen, um sich auf Neues einzulassen. Am Anfang werden die Dinge dir ziemlich erstaunlich erscheinen und den Gesetzen der Logik widersprechen.

Doch nach und nach wirst du verstehen, dass das, was dir heute »außergewöhnlich« vorkommt, in Wahrheit ganz normal ist.

Dein Herz hat schon immer gewusst, was es braucht und welchem Weg es folgen soll, auch wenn du diesem Umstand bisher vielleicht keine Aufmerksamkeit geschenkt hast. Und jetzt wirst du lernen, dies zu tun.

Je weiter du vorankommst, desto besser wirst du die Gründe dafür verstehen, warum du – unabhängig davon, ob du eine glückliche Kindheit hattest oder nicht, ob du glaubst, dass dein Leben so ist, wie du es dir immer erträumt hast, oder nicht – hin und wieder dieses seltsame Unwohlsein verspürst und dich zurückblickend nach jenen langen Sommerabenden sehnst, an denen alles neu war, an denen es keine Sorgen gab und du dir vorgestellt hast, wie wunderbar dein Leben sein würde – ein Leben voller Möglichkeiten und Abenteuer.

Mein Wunsch ist, dass du zu diesem Moment zurückkehren kannst, dass du all diese Abenteuer erleben kannst und erneut dieses großartige Gefühl verspürst, ohne aufgeben zu müssen, was du erreicht hast.

Dafür musst du mir nur eine einzige Frage beantworten:

Bist du bereit, auf das himmelblaue Fahrrad zu steigen und loszufahren?

1

Die Vergangenheit ist ein Stern, der schon vor langer Zeit erloschen ist

»Du bist schmutzig!«, schrie einer von ihnen, während er ihr einen Tritt in die Seite verpasste.

»Und du stinkst!«, rief ein anderer.

Sie waren so gemein zu ihr, weil sie wussten, dass auch sie stanken und schmutzig waren. Und arm. Aber sie war ein Waisenkind und die anderen nicht.

Das Mädchen hockte zusammengekauert auf dem Boden und hielt die dünnen Arme über den Kopf, um sich vor den Schlägen zu schützen. Sie trug ein zerlumptes Kleid, und die Tränen, die ihr über das staubige Gesicht rannen, hinterließen helle Spuren. Brennende Tränen. Die Tränen eines wilden Mädchens.

»Los, gib uns das Geld! Wir haben gesehen, wie du es eingesteckt hast!«, schrie jetzt ein dritter Junge, der kleiner und feiger war als die anderen, aus sicherer Entfernung. Damit wollte er seine Freunde noch mehr anstacheln, anstatt selbst den Mut aufzubringen, dem Mädchen das Geld wegzunehmen.

»Ich habe nichts!«, entgegnete die Kleine mit hoher Stimme.

Einer von ihnen, ein blasser Junge, der höchstens elf Jahre alt war und dessen rötliches Haar so dicht und struppig war wie das einer Katze, zog die Nase hoch und beugte sich dann zu dem Mädchen hinunter, um ihr die Münzen zu entwenden. Die Kleine wälzte sich auf dem Boden hin und her, während er versuchte, an die Taschen ihres Kleides zu gelangen und ihre Hände voneinander zu lösen. Der zweite Junge, der dunkle Haare hatte, spindeldürr war und kurze braune Hosen trug, griff in das Handgemenge ein.

Nach einigem Zögern trat auch der kleine Feigling näher, um das Mädchen an den Beinen festzuhalten. Doch inzwischen war es den anderen beiden bereits gelungen, die Kleine zu überwältigen und sie zu zwingen, ihre Fäuste zu öffnen.

Das Mädchen kniff die Augen zusammen und presste trotzig die Lippen aufeinander, während die Jungen zutiefst enttäuscht auf die Beute blickten, die sie dem armen Kind entrissen hatten. Zitternd rieb sich die Kleine über ihr verschmiertes Gesicht und hielt den Jungen nun auch die andere Hand hin, um ihnen ihren Schatz zu zeigen, in der Hoffnung, dass sie ihn ihr nicht wegnehmen würden.

»Du dummes Ding«, sagte der Feigling. »Warum hast du das nicht gleich gesagt? Du hast uns echt wütend gemacht …«

»Ich hab doch gesagt, dass ich nichts hab.«

»Aber wir haben gesehen, wie du das Geld versteckt hast«, wiederholte der Rothaarige einfältig.

»Ich hab kein Geld …«

»Lasst uns gehen«, meinte der Dunkelhaarige, während er dem Mädchen wegschnappte, was sie in der Hand hielt. »Die ist arm wie eine Kirchenmaus. Die hat keinen Centavo.«

Auf dem Boden liegend sah das kleine Mädchen den Jungen nach, während diese sich darüber stritten, wie sie die Beute aufteilen sollten: zwei zerbrochene Kekse mit Karamellfüllung, die eine mitleidige Frau ihr geschenkt hatte.

Damals, vor mehr als fünfundachtzig Jahren.

* * *

Maru trat mit ihren sehnigen Beinen in die Pedale, langsam, aber beständig. Das Bündchen ihrer Strümpfe war ausgeleiert – vielleicht waren auch ihre Knöchel schmaler geworden – und drohten ihr ständig von den Füßen zu rutschen.

Zwei Männer mittleren Alters grüßten sie vom Wegrand aus, als sie vorbeifuhr. Lächelnd grüßte sie mit einem Kopfnicken zurück.

Sie hatte noch fast alle ihre Zähne, und ihr Haar war zwar grau, aber voll und kräftig und wehte im Fahrtwind.

Nach einer Weile hielt sie an und näherte sich, das Rad zwischen den Beinen, im Pinguingang einem Pfosten, um ihr Fahrrad daran zu lehnen. Nicht weit entfernt hockten ein Junge und ein Mädchen im Staub und malten mit einem Stock Kreise in die Erde. Maru sah sie liebevoll an.

»*Hola*, Kinder, wollt ihr was Süßes?« Die beiden rissen überrascht die Augen auf. »Wenn ihr möchtet, könnt ihr jeder einen Karamellkeks haben.«

Die Kinder unterbrachen ihr Spiel und liefen schnell zu der Frau mit dem himmelblauen Fahrrad. Sie nahm zwei süße Kekse mit Karamellcreme aus der Schürze, die sie über ihrem Kleid trug, und gab sie ihnen.

Der Junge hatte rötliches Haar und eine laufende Nase. Lächelnd wuschelte die Alte ihm mit ihrer knochigen Hand durchs Haar, während die Kinder das süße Gebäck gierig hinunterschlangen.

»He!«, meinte sie dann. »Was sagt man?«

»Vielen Dank, Doña Maru!«

»So gefällt mir das. Man sollte niemals seine guten Manieren vergessen.«

Die Kinder kehrten zu ihrem Spiel zurück, und die alte Frau atmete tief durch. Sie hatte kräftige Beine, die jedoch schneller ermüdeten als früher. Ihre neunzig Jahre machten sich allmählich bemerkbar, obwohl sie jeden Tag dreißig Kilometer mit dem Fahrrad fuhr.

Eine Hand aufs Knie gestützt, hielt sie die andere schützend über die Augen. Die Sonne hing wie eine dicke Orange am Himmel. Zwischen ihr und der ockerfarbenen Erde hob sich ein azurblauer Streifen ab.

Ach, der Himmel!

Doña Maru seufzte und ging auf das Waisenhaus zu.

Oaxaca. Wie viele Jahre war sie nun bereits hier?

Fast ein ganzes Leben.

Sie öffnete das Eingangstor. Hier gab es weder Gitter noch Drahtzäune, die den Weg versperrten. Das große bunte Haus sah beinahe so aus wie alle anderen. Sie nickte der Portiersfrau zu.

»Guten Tag, Doña Maru. Wie geht es Ihnen heute?«, grüßte diese zurück.

»Na, ich würde mal sagen, die neunzig Jahre, die ich auf dem Buckel habe, spüre ich auch in den Beinen«, entgegnete Doña Maru mit ihrer rauen Stimme, der das Alter anzuhören war. Einer Stimme, die einst Tiere und Menschen gezähmt hatte.

»Und wie geht es Ihnen?«

Ein Kind rannte durch den Gang.

»*Hola,* Doña Maru!«, rief es.

»Ich komme gleich zu euch.«

Das Kind winkte ihr im Vorbeilaufen zu. Doña Maru wandte sich wieder an die Portiersfrau.

»Nichts Neues unter der Sonne«, antwortete diese mit einem herzlichen Lächeln.

»Alles wie immer, was?« Doña Maru klopfte zweimal auf die Empfangstheke. »Mal schauen, wie es bei den Kindern aussieht.«

Langsam ging sie zu den Klassenräumen hinüber. Auf dem Rad spürte sie das Alter bedeutend weniger. Während sie in die Pedale trat, schienen ihre Beine zumindest auf den ersten Kilometern wieder zwanzig Jahre alt zu sein. So alt war sie gewesen, als sie zum ersten Mal nach Oaxaca gekommen war.

Das Waisenhaus beherbergte Kinder jeden Alters, die je nach ihren Fähigkeiten und Interessen in Gruppen unterrichtet wurden. Alle grüßten, als die alte Frau eintrat. Auch die Lehrerin erhob sich, um die Besucherin zu empfangen und ihr einen Platz anzubieten.

»Heute habe ich euch ein paar Kekse aus meiner Heimat Chile mitgebracht – das ist was ganz anderes als die, die ihr hier bekommt.«

Die Gesichter der Kinder strahlten vor Freude. Einige von ihnen rutschten erwartungsvoll auf den Stühlen hin und her. Doña Maru zog aus der Schürzentasche eine Schachtel mit zwanzig Keksen hervor, die sie selbst gebacken hatte.

»Die sind mit Milchkaramell gefüllt. Mögt ihr das?«

Die meisten Kinder hatten noch nie Milchkaramell gegessen, aber alle nickten eifrig. Dann streckten sie nacheinander die Handflächen aus. Sie wussten, dass es genug für alle gab. Doña Maru sah lächelnd zu, wie die Kinder die süßen Kekse aßen. Einige verschlangen das Gebäck gierig, während andere sich genüsslich Zeit ließen. So wie auch sonst im Leben die einen voranstürmten und die anderen sich Zeit nahmen.

Als Doña Maru die Kinder so vor sich sah, musste sie an ihre eigene Geschichte mit dem Keks denken. Ihrem ersten Karamellkeks.

Es hatte geschneit an diesem Abend. Die Jungen hatten ihr den Keks weggenommen. Bei dem nachmittäglichen Ausflug in den Ort hatte sie sich verlaufen. Manchmal verließen die Nonnen das Waisenhaus, um Gebäck zu verkaufen oder um Almosen zu bitten, und dann durften ein paar Kinder sie begleiten. Auf dem Weg war Maru stehen geblieben, um sich das Schaufenster einer Bäckerei anzusehen, und so hatte sie die anderen verloren. Anschließend war sie suchend durch die Straßen geirrt. Eine Frau hatte ihr, weil sie so einsam und hilflos wirkte, einen Keks geschenkt. Sie hatte nicht gesagt, dass sie sich verlaufen hatte. Und so plötzlich wie die nette Frau verschwunden war, waren dann diese drei Jungen aufgetaucht und hatten sich auf sie gestürzt, um ihr ihren Schatz zu stehlen. Jedes andere kleine Mädchen hätte kampflos aufgegeben, aber nicht Maru. Mit ihren fünf Jahren ließ sie sich bereits nicht unterkriegen. Das war das Einzige, was sie zu bieten hatte. Und dann hatte sie dazu noch einen Keks geschenkt bekommen, den diese gemeinen Kerle ihr nun gestohlen hatten. Sie hatten sie mit den Nonnen gesehen. Sie hatten gewusst, dass sie ein Waisenkind war. Maru hatte es ihnen nicht leicht gemacht. Trotzdem hatten sie ihr den Keks weggenommen. Anschließend war sie weiter durch die Straßen geirrt. Später hatte Schwester María Soledad ihr die Ohren langgezogen. Sie hatte fürchterlich geschimpft und sich dann wieder beruhigt. Schließlich hatte sie sich zu ihr hinuntergebeugt, ihr die Hände auf die Schultern gelegt und sie eindringlich angesehen.

»Wo warst du denn nur?«

»Ich habe mich verlaufen.«

»Das war das letzte Mal, dass wir dich mitgenommen haben!« Schwester María Soledad hatte sich große Sorgen gemacht, deswegen hatte sie das gesagt. »Warum ist dein Gesicht so schmutzig?« Maru antwortete nicht. »Na komm, du hast uns einen ganz schönen Schrecken eingejagt.«

Schwester María Soledad hatte die Kleine an der Hand genommen und mit sich gezogen. Sie war ein guter Mensch.

Es schneite, und es war dunkel draußen. Maru stand in ihrem Nachthemd am Fenster des Schlafraums und schaute hinaus. Es war strengstens verboten, mitten in der Nacht das Bett zu verlassen. Die Nonnen bestraften die ungehorsamen Kinder, die das taten.

Doch Maru war allen Vorschriften und Drohungen zum Trotz aufgestanden und zu dem einzigen Fenster im Raum gegangen. Sie hatte vorsichtig die dünne Gardine zur Seite geschoben und blickte in die Welt hinaus. Dort draußen gab es irgendwo Schaufenster, in denen wunderschöne Dinge ausgestellt waren, es gab freundliche Frauen, die einem kleinen Mädchen Süßigkeiten schenkten, aber auch wilde Straßenjungen, die sie einem wegnahmen. All das war eindeutig aufregender als das Waisenhaus.

Jahre später erinnerte sich Doña Maru noch gern an das Waisenhaus und den Ort, in dem sie damals wohnte, zurück – sie sollte nie erfahren, wo genau sie geboren worden war. Irgendwo in Chile –, und mit einem Lächeln im Gesicht dachte sie an das große Abenteuer, das sie als Kind erlebt hatte.

Als sie sich in einem Labyrinth, das nur aus wenigen kleinen Straßen bestand, verlaufen hatte.

Doch aus der Sicht eines fünfjährigen Kindes sehen die Dinge eben anders aus.

Beinahe fünfundachtzig Jahre später aßen die Kinder eines Waisenhauses in Oaxaca unter den gütigen Blicken der alten Doña Maru die süßen Kekse, die sie ihnen mitgebracht hatte.

Verlegenheit. Lachen. Krümel, die zu Boden fielen (wenige). Die Stille der zurückbleibenden Leere. Zahnlücken. Sonne. Apfelgrüne Tische. Liebe.

Als Doña Maru klein war – denn auch sie war mal ein Kind gewesen –, hatte sie erfahren, dass sie mit zwei Jahren an der Tür des Waisenhauses, in dem sie später aufgewachsen war, zurückgelassen wurde. Auf der Decke, in die man sie gehüllt hatte, hatte nur eine kurze Nachricht gestanden: *Maru, Chile* und ihr Geburtsdatum. Damals, 1939, waren Adoptionen eher eine Seltenheit, und die wenigen, die ein Kind bei sich aufnehmen wollten, interessierten sich nicht für das kleine Mädchen, das so mager und wild war.

Mit drei Jahren war sie bereits kaum zu bändigen gewesen.

Mit dreizehn Jahren riss sie aus, um nach den schönen Schaufenstern, den Keksen, den jugendlichen Banden, dem Leben zu suchen. Nach der Freiheit.

Weil sie so schnell rennen konnte, gelang es ihr, jedem zu entkommen. Sie stahl sich ihr Essen und wusch sich in den Flüssen. Letztendlich war das Leben gar nicht so übel.

Noch im selben Jahr gelangte sie nach Santiago de Chile.

Dort gab es Schaufenster mit wunderschönen Dingen. Und viele Menschen. Ziellos irrte sie durch die Straßen. Ihr Haar und ihre Kleidung waren verdreckt. Sie hatte Hunger. Ständig hatte sie Hunger.

An der Tür einer Bäckerei stand ein Korb mit frischen Teilchen. Man konnte sehen, wie sie noch dampften. Der süße Duft erfüllte die ganze Straße.

Maru dachte nicht groß darüber nach, sie griff in den Korb und nahm sich etwas davon. Dann lief sie schnell weg. Sie war hungrig, aber das, was sie am Leben auf der Straße am meisten hasste, war die Kälte.

Sie flüchtete sich in einen Hauseingang, um mit Genuss die gebackenen Teigbällchen zu verspeisen. Dabei stellte sie sich vor, dass es so im Himmel sein musste.

Auf der gegenüberliegenden Straßenseite befand sich ein vornehmes Hotel, das so ganz anders war als der ärmliche Hauseingang, in dem Maru hockte. Auf der Terrasse saß ein elegant gekleidetes Ehepaar. Die Frau trug ein dezentes marineblaues Kostüm. Der Rock endete knapp unterhalb des Knies, und das Knopfloch im Revers der Jacke zierte eine weiße Blume. Der Mann hatte einen gepflegten, breiten dunklen Schnurrbart, trug einen hellen Leinenanzug und einen cremefarbenen Hut. Ihre Blicke begegneten sich, und nachdem der Mann sich über den Schnurrbart gestrichen hatte, flüsterte er seiner Frau etwas ins Ohr. Sie sah zu dem Mädchen hinüber und nickte, woraufhin der Mann mit dem hellen Anzug sich erhob und sich anschickte, die Straße zu überqueren.

Maru beobachtete ihn aufmerksam, ohne sich zu regen. Sie hatte sich gerade das letzte Teigbällchen in den Mund gesteckt, als der elegante Mann zu ihr trat und sie freundlich begrüßte.

Der Mann hieß Don Humberto und seine Frau Doña Maria Fernanda. Sie waren Mexikaner und in Santiago auf Geschäftsreise. Schon bald würden sie nach Mexiko-Stadt zurückkehren, und sie waren auf der Suche nach einem neuen Hausmädchen, das eines der ihren ersetzen sollte – Señora Elisa, die älteste Hausangestellte.

Da Maru nichts zu verlieren hatte und weil sie wusste, dass ihr, wenn sie so weitermachte, früher oder später etwas Schlimmes zustoßen würde, nahm sie das Angebot dankbar an.

Drei Monate später kamen sie in Mexiko an. Auf ihrer Reise hatten sie an mehreren Häfen angelegt – unter anderem in Peru und Kolumbien. Manchmal fuhren sie auch mit dem Zug oder sogar mit der Kutsche und blieben mehrere Nächte am selben Ort, wo Don Humberto sich um seine Geschäfte kümmerte.

Maru hatte bald das Gefühl, dass die beiden sie unter anderem mitgenommen hatten, damit sie Doña María Fernanda Gesellschaft leistete, die zur Melancholie neigte und viele Stunden im Hotelzimmer saß und mit abwesendem Blick aus dem Fenster sah.

Erst später sollte Maru von einem der anderen Hausmädchen den Grund dafür erfahren:

Viele Jahre über hatte Doña Fernanda versucht, ein Kind zu bekommen. Schließlich war sie tatsächlich schwanger geworden, aber dann hatte sie eine Fehlgeburt erlitten, bei der sie beinahe gestorben wäre. Sie wurde gerettet, doch anschließend hatten die Ärzte ihr mitgeteilt, dass sie keine Kinder mehr bekommen könne. Seitdem hatte sie mit schweren Anfällen von tiefer Traurigkeit zu kämpfen.

Maru dachte später, dass dies vielleicht der Grund dafür gewesen war, dass Don Humberto, der doch so ein ehrenwerter Mensch zu sein schien, eines Nachts, nachdem er zu viel getrunken hatte, in ihrem Zimmer erschien und ihr bedeutet hatte, still zu sein. Sie wusste, was geschehen würde, schrie jedoch nicht um Hilfe. Wie damals, als die anderen Kinder ihr ihren ersten Keks gestohlen hatten, kniff sie die Augen zusammen und presste die Lippen aufeinander. Eine stille Träne lief ihr über die Wange.

Sie rührte sich nicht, auch nicht, als der Señor anschließend wie ein waidwundes Tier aus ihrem Zimmer floh und den Rest der Nacht über weinte.

Am nächsten Tag wusch Maru die Laken, um die karminroten Flecken zu entfernen. Sie machte das Bett und verließ das Haus, ohne sich von irgendjemandem zu verabschieden. Sie war noch nicht einmal vierzehn Jahre alt.

Und sie war schwanger.

2

Das Licht dieses Sterns ist nur eine Illusion. Und es hat nur die Kraft, die du ihm zugestehst.

Nach einer langen entbehrungsreichen Reise, die sie von Mexiko-Stadt über Puebla und durch viele kleine Orte, Straßen, Felder und Wege führte, wo Maru ihre Jugend zurückließ, erreichte sie schließlich Oaxaca und war erwachsen geworden.

Ihr Sohn Santiago, den sie mithilfe einer dicken Köchin in einem schmutzigen Hinterzimmer geboren und nach dem Ort benannt hatte, an dem ihr Leben jene entscheidende Wendung nahm, war mit dreizehn Jahren auf- und davongegangen – was, wie es schien, eine entscheidende Zahl in ihrem Leben war. Tatsächlich wusste Doña Maru nicht einmal, wo er jetzt lebte.

Sie erinnerte sich daran, dass ihr Sohn kein besonders netter Junge gewesen war, woran sie ihm jedoch nicht die Schuld gab. Denn was hätte sie – ein Mädchen, das ganz allein auf der Welt war – ihm schon Gutes beibringen können?

Seither waren viele Jahre vergangen, und jeden Morgen buk die alte Frau vor ihrer Hütte, die sie vor langer Zeit eigenhändig erbaut hatte, Kekse mit Karamellcreme. Seit sie am Stadtrand von Oaxaca lebte, hatte sie sich mit diesem Gebäck ihren Lebensunterhalt verdient – sie verkaufte es in der ganzen Umgebung. Zunächst hatte sie die langen Wege zu Fuß zurückgelegt und später dann auf ihrem Fahrrad. Wie man das köstliche Gebäck herstellte, hatte sie von den Nonnen im Waisenhaus gelernt, denen sie oft beim Backen geholfen hatte.

Eines Tages sah sie in der Ferne ein Auto auftauchen. Als es vor ihrer Hütte zum Stehen kam, wirbelte eine dichte Staubwolke auf. Doña Maru richtete sich auf und hielt schützend die Hand über die Augen, um etwas sehen zu können.

Mühsam hievte sich eine andere alte Dame aus dem klapprigen Auto – es war eine alte Freundin von Doña Maru, die einzige, die sie jemals gehabt hatte. Diese Frau hatte ihr vor Jahren das himmelblaue Fahrrad geschenkt, nachdem sie beschlossen hatte, mit ihrer Familie nach Mexiko-Stadt zu ziehen und dort ihr Glück zu versuchen.

»Julia!«, rief Doña Maru erfreut aus, als sie die Freundin sah.

»*Hola*, Maru«, grüßte diese zurück.

Hinter dem Steuer saß Julias Sohn. Trotz der vielen Jahre, die vergangen waren, erkannte sie ihn gleich wieder.

»Das ist ja Guillermo«, sagte Maru mehr zu sich selbst. »Du liebe Zeit, er ist ja ein richtiger Mann geworden …«

»Das kann man wohl sagen, Maru. Es ist lange her. Sieh uns beide doch an, wie alt wir geworden sind!«

Sie mussten lachen. Dann umarmten sie sich, und Guillermo stieg aus dem Wagen, um Doña Maru einen Kuss zu geben.

»Wie geht es Ihnen, Doña Maru? Nach all der Zeit?«

»Du bist ein stattlicher Mann geworden.«

Ein reifer Mann, der bereits seine eigene Familie hatte, aber sofort bereit gewesen war, seine Mutter auf ihrer letzten großen Reise zu begleiten.

»Wir wussten nicht, ob du noch hier lebst«, sagte Doña Julia, »aber wir waren uns sicher, dass du dir keinen dieser modernen Telefonapparate hast installieren lassen.«

»Wie gut du mich kennst!« Die beiden alten Damen lächelten.

»Ich glaube, ich lasse euch jetzt mal allein, ihr habt euch sicher viel zu erzählen«, meinte Guillermo taktvoll.

Seine Mutter nickte. Doña Maru nahm sie am Arm, um sie zu der Holzbank zu geleiten, die an einer Wand ihrer buntgestrichenen Hütte stand.

»Wie ich mich freue, dich zu sehen! Was ist der Grund für deinen Besuch? Es muss etwas sehr Wichtiges sein, wenn du so einen weiten Weg in Kauf nimmst.«

Doña Julia sah zu, wie sich das Auto über den staubigen Weg entfernte. Eine gewisse Traurigkeit lag in ihrem Blick.

»Es gibt Dinge, die sich nie ändern, stimmt's?«, meinte sie. Doña Maru nickte schweigend. »Maru, ich muss dir etwas sagen. Und ja, es ist wichtig. Deshalb habe ich die lange Reise auf mich genommen.«

Doña Maru spürte einen Stich im Herzen. Sie ahnte, was sie gleich hören würde, so wie sie damals geahnt hatte, was passieren würde, als Don Humberto in ihr Zimmer gekommen war.

»Wir haben schon so viel erlebt, liebe Julia. Uns kann nichts mehr schrecken. Ist denn alles in Ordung bei dir?«

»Mir geht es gut, Maru. Ich bin alt, aber es geht mir gut. Um mich brauchst du dir keine Sorgen zu machen.«

Doña Maru nickte. Sie hatte es gewusst. Und sie hatte mehr zu sich selbst gesprochen als zu ihrer Freundin, die sie jetzt traurig ansah.

»Es geht um deinen Sohn. Um Santiago. Es gibt leider keine guten Neuigkeiten. Vor ein paar Tagen erst habe ich erfahren, dass er wohl zuletzt in Mexiko-Stadt gelebt hat und … dass er tot ist.«

Doña Maru schloss müde die Augen und blieb für eine Weile so sitzen. Sie spürte die intensive Sonne warm auf ihrem Gesicht. Schließlich nahm Doña Julia den Arm ihrer Freundin und drückte ihn leicht.

»Wie ist er denn gestorben?«, fragte Doña Maru und machte die Augen wieder auf.

Doña Julia seufzte tief. Diese Frage hatte sie befürchtet und sich die ganze Fahrt über Gedanken gemacht, ob sie die Wahrheit sagen sollte oder nicht. Allerdings wollte sie ihre alte Freundin auch nicht anlügen.

»Er wurde in seiner Wohnung gefunden. Da war er bereits seit vier Tagen tot. Maru … Sein vierjähriger Sohn hatte wohl das Haus verlassen, um Hilfe zu holen, weil sein Papa schon so lange nichts mehr gesagt hatte, sich nicht mehr bewegte und begann, unangenehm zu riechen.«

»Er hatte einen *Sohn*?«, fragte Doña Maru mit heiserer Stimme.

»So sieht es aus. Du hast einen Enkel.«

»Und wo ist dieser Sohn?«

Doña Julia atmete tief durch.

»Ich weiß es leider nicht. Du musst wissen, dass dieses tragische Ereignis schon ziemlich lange her ist. Etwa fünfzehn Jahre.«

Das erklärte zumindest, warum Maru all die Zeit über vergeblich auf eine Nachricht von Santiago gewartet hatte.

Nachdem Doña Maru vom Tod ihres Sohnes erfahren hatte, hatte sie im Waisenhaus ihre Hilfe angeboten.

Nicht, um vielleicht ihren Enkel zu finden, dessen Namen sie nicht kannte und den sie sicher nicht erkennen würde. Sondern im Andenken an ihren verstorbenen Sohn und um die Fehler, die er begangen hatte, wiedergutzumachen. Indem sie den Waisenkindern half, die so waren wie sie selbst und wie ihr Enkel, hatte sie das Gefühl, etwas für den Sohn ihres Sohnes zu tun, als könnte sie Santiago auf diese Weise sagen, dass sie ihm verzieh und dass sie die beiden immer geliebt hatte. Und obwohl sie ihren Enkel ja gar nicht kannte, dachte sie doch jeden Tag an ihn.

Seit Doña Julias Besuch waren zwei Montage vergangen, und sie hatte wieder davon geträumt, ihrem Enkel eines Tages einen Keks mit Karamellcreme geben zu können.

Als sie an jenem Morgen wie immer auf ihr Fahrrad stieg, um die zehn Kilometer bis zum Waisenhaus zu fahren, konnte sie ja nicht wissen, dass kurze Zeit später etwas geschehen würde, was die Ereignisse in eine ganz neue Richtung lenken würde.

Doña Julia und ihr Sohn Guillermo waren schon lange nach Mexiko-Stadt zurückgekehrt. Die beiden Freundinnen hatten sich zum Abschied lachend und weinend umarmt, wohl wissend, dass dies ihre letzte Begegnung sein würde. Ihr Leben näherte sich dem Ende, aber es war ein Geschenk gewesen, ein paar schöne Momente auf dieser Erde gemeinsam erlebt zu haben. Und warum sollte man diese wunderbaren Erinnerungen durch Wehklagen über das Unvermeidliche trüben?

* * *

Eines Morgens, als Doña Maru das Waisenhaus schnaufend erreichte, kam ihr Señora Arriaga, die Leiterin der Einrichtung, sichtlich aufgeregt entgegen. Sie hatte von der Geschichte von Doña Marus Sohn und ihrem Enkel gehört.

»Doña Maru, kommen Sie, kommen Sie, ich muss Ihnen unbedingt etwas sagen!«

Die alte Frau ließ sich nicht aus der Ruhe bringen und stellte ihr Fahrrad sorgfältig ab.

»Immer langsam, Señora Arriaga, ich kann nicht mehr so schnell!«, rief sie aus und hob im Scherz ein wenig theatralisch die Arme.

»Beeilen Sie sich, und kommen Sie gleich in mein Büro. Ich habe sehr gute Nachrichten.«

Nach all der Aufregung, die Doña Julias Besuch in ihr ausgelöst hatte, war Doña Maru so schnell nicht mehr zu erschüttern. Inzwischen machte es für die alte Frau kaum mehr einen Unterschied, ob sie gute oder schlechte Nachrichten erfuhr, auch wenn sie hin und wieder eine Träne vergoss.

Gemächlich ging sie ins Büro der Waisenhausleiterin und setzte sich auf einen Stuhl aus geflochtenem Rohr.

»Also schön, was gibt es denn so Wichtiges? Sie machen es wohl gern spannend, was?«

Doña Maru ließ den Satz offen, wobei sie das letzte Wort deutlich in die Länge zog.

Señora Arriaga nickte ihr aufgeregt zu und faltete die Hände auf ihrem Schreibtisch.

»Das Waisenhaus Santa Lucía del Camino ist geschlossen worden. Haben Sie davon gewusst?«

»Nein, Señora.« Doña Maru war es gewohnt, andere Menschen mit Respekt zu behandeln, auch wenn sie wesentlich jünger waren als sie selbst.

»Die Kinder wurden auf andere Waisenhäuser verteilt. Einige von ihnen sind jetzt bei uns. Und gleichzeitig wurde auch ein Teil des Archivs zu uns verlegt. Aus Neugierde habe ich mir die alten Unterlagen angesehen und bin durch Zufall auf die Akte von Elmer gestoßen.«

Die alte Frau sah die Leiterin des Waisenhauses verständnislos an.

»Die Akte Ihres Enkels, Doña Maru.«

»Elmer …«, flüsterte Doña Maru kopfschüttelnd.

Langsam zog sie sich die Strümpfe hoch, während Señora Arriagas Blick auf ihre ruhte.

»Er war offenbar in mehreren Waisenhäusern und ist schließlich im Santa Lucía del Camino gelandet.« Señora Arriaga seufzte. »Bei der weiteren Durchsicht des Archivs habe ich noch einen Zusatz zu der Akte gefunden, eine Notiz, in der zu lesen ist, dass das Kind allein durch die Straßen geirrt sei. Dort war auch die Adresse der Familie in Mexiko-Stadt angegeben, und ich habe gleich mit klopfendem Herzen dort angerufen.«

»Wer hat das Gespräch entgegengenommen?« Doña Marus Stimme zitterte.

»Eine Frau. Sie wusste nichts über Santiago oder das Kind, aber sie hat mir die Adresse des Wohnungseigentümers gegeben, ihres Vermieters. Und ich habe ihn erreicht. Zunächst meinte er, sich an nichts mehr erinnern zu können. Was man ihm nicht vorwerfen kann, denn seitdem sind viele Jahre vergangen.«

»Niemand erinnert sich gern an die Toten und schon gar nicht an fremde Tote«, meinte Doña Maru.

»Na, jedenfalls habe ich nicht lockergelassen und behauptet, dass die Polizei die Ermittlungen in einem Fall wiederaufgenommen hätte, in den Santiago verwickelt gewesen war, und wissen wollte, ob es in der Wohnung damals irgendeinen Vorfall gegeben hätte. Der Vermieter hat mir geglaubt, und dann fiel es ihm doch wieder ein. ›Ach ja, jetzt erinnere ich mich wieder. Meine Güte, das ist schon so lange her, und mein Gedächtnis ist auch nicht mehr das beste. Santiago, ja. Als sie ihn damals aus der Wohnung holten, stank es ganz fürchterlich! Er lag ja auch schon ein paar Tage da. Ich hatte es schon fast vergessen.‹ Das hat er gesagt. Es war deutlich zu merken, dass er keinen Ärger mit der Polizei bekommen wollte.«

Gleich nachdem Señora Arriaga das gesagt hatte, tat es ihr leid. Sicher wurde die alte Frau nicht gern daran erinnert, wie ihr Sohn gestorben war.

Doña Maru schwieg. Immerhin hatte sie es der Tatsache, dass ihr Sohn auf so furchtbare Art gestorben war, zu verdanken, dass Señora Arriaga Elmer, ihren Enkel, ausfindig machen konnte. Wäre es anders gewesen, hätte sie niemals etwas über ihn erfahren. Manchmal konnte man sogar dem größten Unglück noch etwas Positives abgewinnen.

»Und das hat ausgereicht, um meinen Enkel zu finden?«, fragte sie.

»Nein, ich habe ihn noch nicht gefunden, aber ich weiß, wo ich mit der Suche beginnen kann. Weil der Nachname des Kindes nicht bekannt war, haben sie es Expósito genannt. So steht es in der Akte.« Doña Maru hörte aufmerksam und mit Tränen in den Augen zu. Sicher, sie hatte ihren Sohn nie gemeldet, und Expósito war der übliche Name, den man Kindern mit unbekannten Eltern gab. »Ich habe mit dem Leiter des Waisenhauses Santa Lucía del Camino gesprochen, und er konnte sich noch gut an Elmer erinnern. Mit dreizehn Jahren ist er von dort weggelaufen.«

Doña Maru erstarrte. Schon wieder diese verhängnisvolle Zahl.

»Und wo ist er jetzt?«

»Keine Ahnung, aber jetzt wissen wir wenigstens, wo wir mit der Suche beginnen können, was meinen Sie?«

»Das ist sehr nett von Ihnen«, sagte die alte Frau resigniert.

»Doña Maru«, meinte Señora Arriaga und nahm ihre faltigen Hände in die ihren. »Wir werden Ihren Enkel finden.«

»Vielen Dank«, murmelte Doña Maru.

3

Bereite dich auf die Reise vor.
Du solltest nur wenig Gepäck mitnehmen.
Und du musst nur auf dein Herz hören.

Ein Glaube kann ja tröstlich sein.
Aber erst durch deine eigene Erfahrung wird er befreiend.
ECKHART TOLLE

Doña Maru blickte zum Horizont. Die ersten Sonnenstrahlen tauchten den Himmel in ein orangefarbenes Licht.

In der vergangenen Nacht hatte sie keinen Schlaf finden können. Die ganze Zeit über hatte sie an Dinge gedacht, von denen sie nicht wusste, ob sie wirklich geschehen waren oder nicht. Sie hatte ihren Sohn vor sich gesehen und überlegt, wie ihr Enkel wohl ausschaute. Und nun hoffte sie, dass das Morgenlicht ihr die Antwort geben würde, nach der sie sich so sehr sehnte.

Auf derselben Bank sitzend, auf der sie mit ihrer alten Freundin Julia gesessen hatte, lehnte sie den Rücken gegen die Holzwand ihrer Hütte und wartete auf die Lösung ihres Dilemmas.

Einerseits wusste sie, dass Señora Arriaga es mit ihrem Angebot, ihren Enkelsohn finden zu wollen, absolut ernst gemeint hatte. Und Doña Maru war auch klar, dass sie schon sehr alt war und eine Suche auf eigene Faust möglicherweise nicht mehr schaffen würde. Andererseits wurde ihr jedoch zunehmend bewusst, dass sie diese Reise allein machen musste; sie musste den Kreis schließen. Den Kreis, der ihr Leben war.

Erst danach würde sie in Frieden gehen können.

»Vor vielen Jahren, als ich fast noch ein Kind war, habe ich schon einmal ohne festen Wohnsitz gelebt«, sagte sie sich. »Ich glaube, dass es mir gefallen könnte, diese Erfahrung zu wiederholen.«

Das einzige Problem war, dass sie nicht wusste, wo sie überhaupt anfangen sollte. Denn sie hatte nichts als einen Namen, und das war nicht gerade viel, um eine Suche zu beginnen. Doch sie war auch nicht bereit, die Hände in den Schoß zu legen oder auch nur noch eine Sekunde länger zu warten. Schließlich wartete sie nun beinahe schon ein Jahrhundert an diesem Ort, ohne wirklich zu wissen, worauf.

Und nun war es ihr klar: Sie hatte auf genau diesen Moment gewartet.

Sie beschloss, darauf zu vertrauen, dass sie die Zeichen, die ihr den Weg vorgaben, schon finden würde. Es hatte ja wohl einen Grund gehabt, dass sie beinahe ihr ganzes Leben lang an diesem Ort geblieben war, und nun, das fühlte sie, gab es einen ebenso guten Grund, sich wieder auf den Weg zu machen. Und diesem Gefühl lag die Erkenntnis zugrunde, dass die Zeit eine Form der Einteilung ist, die von den Menschen geschaffen wurde, und dass es in Wahrheit keinen vorbestimmten oder vorgegebenen Zeitpunkt gibt. Denn woher sollte sie wissen, was, wann und wie geschehen würde?

Das Einzige, was in ihrer Hand lag, war, sich dem Himmel anzuvertrauen und zuzulassen, dass die Sterne sie mit dem ihnen eigenen strahlenden Licht leiteten.

Sie war nicht mehr jenes Kind, das mit dreizehn Jahren aus dem Waisenhaus weggelaufen war. Genauso wenig wie das junge Mädchen, das mit einem unehelichen Kind in den Armen nach Oaxaca gekommen war. Oder die Frau, die nie darüber geklagt hatte, niemals geheiratet zu haben oder die Erfahrungen gemacht zu haben, die den Menschen üblicherweise das Leben versüßen; die Frau, die sich nicht nach großem Luxus oder Bequemlichkeit sehnte und deren tägliches Leben sich nach der Sonne und dem Mond richtete.

Sie besaß nichts, sie hatte keine Ideen, die sie verwirklichen wollte, sie urteilte nicht, und sie hatte keine Wünsche. Sie war frei von Gefühlen, die sie verwirrten – außer vielleicht der Erinnerung an Santiago und dem Wunsch, Elmer kennenzulernen –, sie war eins geworden mit dem Licht der Sonne, dem Herzschlag der Erde, dem Gesang der Vögel, mit dem Rad, das sich unaufhörlich drehte, mit dem Himmel.

Das Leben war an ihr vorbeigezogen, und sie hatte sich nach nichts anderem gesehnt als nach ihrem Sohn – es war ein eher unbestimmtes Gefühl als ein konkretes Bild –, schließlich wusste sie nicht, wie ihr kleiner Santiago als erwachsener Mann aussah, und nachdem sie fünfzig geworden war, fing auch diese Sehnsucht an zu verblassen.

Sie lebte ihr Leben in einem ständigen Wechsel aus Ruhe und Bewegung, und das eine schien nahtlos in das andere überzugehen, ohne dass sie jemals willentlich eingegriffen hatte.

Denken, tun und fühlen waren miteinander verschmolzen und schienen ein und dasselbe zu sein.

Dennoch war die alte Frau nicht zu einer gefühllosen Figur erstarrt. Ganz im Gegenteil. Hin und wieder kamen ihr Zweifel, fühlte sie sich unwohl, drängte sich ihr eine düstere Erinnerung auf, und sie vergoss eine Träne oder spürte ein Ziehen im Magen, wie beispielsweise, als sie von Santiagos Tod und der Existenz von Elmer erfahren hatte.

Gedanken und Gefühle kamen und gingen, und sie hatte nicht den Eindruck, dass sie lange andauerten. Es war fast so, als ob diese ganzen Gedanken und Gefühle sie auf ihrem Weg an einen anderen Ort durchströmten. Und sie verzichtete darauf, sie zurückzuhalten.

Von dem Moment an, als sie in ihrem tiefsten Innersten begriffen hatte, dass sie eines Tages nicht mehr da sein würde – sie und alles, was sie jemals geliebt und gehasst hatte – und dass die Erde sich dennoch einfach so weiterdrehen würde, hatte sie niemals mehr Angst empfunden oder Erwartungen an das Leben gehabt. Was auch geschehen würde, war gut. Es war der Wille eines Gottes, an den sie schon lange nicht mehr glaubte und auf dessen Weisheit sie dennoch vertraute.

Es war auch nicht von Bedeutung, ob sie an Gott glaubte oder nicht. Die Vorhaben dieses Gottes würden sich in jedem Fall verwirklichen. Deshalb war sie davon überzeugt, dass der Himmel ihr Zeichen schickte wie beispielweise das Gefühl, an einem Ort bleiben zu müssen, oder das Bedürfnis, mit neunzig Jahren Hunderte von Kilometern auf einem alten Fahrrad durch die Welt zu fahren.

Es war nicht von Bedeutung, wie viel Zeit zwischen der einen und der anderen Phase, von Zeichen zu Zeichen verging, denn die Reise endete niemals.

Dieser lautlose und tiefgreifende Prozess der Veränderung schritt im Lauf der Jahre voran, ohne jemals geplant gewesen zu sein, vielmehr spontan, natürlich, fließend, unbewusst. Tatsächlich hätte Doña Maru, wenn jemand ihr dies erklärt hätte, ihr die verschiedenen Phasen ihrer Entwicklung in allen Einzelheiten erläutert hätte, ohne viel zu verstehen, mit den Schultern gezuckt, gelächelt und demjenigen einen Karamellkeks angeboten.

Und nun, nachdem sie beinahe ein ganzes Jahrhundert auf dem Buckel hatte, flüsterte das Leben ihr zu, dass sie sich erneut in Bewegung setzen, erneut das Windpferd – in Form eines alten Fahrrads – besteigen und sich auf den Weg machen musste, um ihren Enkel zu suchen.

Das Einzige, was sie brauchte, waren Augen, um zu sehen, Ohren, um zu hören, und ein Herz, um etwas zu empfinden.

Und sie war fest entschlossen.

Doch zu jener Zeit hatte Doña Maru noch keine Ahnung, dass diese Reise ihr Leben vollkommen verändern würde.

* * *

Irgendwo sangen Vögel. Die alte Frau strich über die dicke Decke in der Holzkiste, die sie eigenhändig auf dem Gepäckträger befestigt hatte. Vorn hing ein Korb am Lenkrad. Darin bewahrte sie die Karamellkekse auf. Die einst strahlende himmelblaue Farbe des Fahrrads war mit den Jahren etwas verblasst, erinnerte aber noch an die einstige Pracht.

Doña Maru richtete den Blick nach vorn. Sie musste nur in die Pedale treten, einmal, dann noch mal und noch mal. Bis sie ihr Ziel erreichte, wo auch immer es war. Sie dachte nicht an irgendwelche Eventualitäten – zum Beispiel, dass das Fahrrad kaputtgehen könnte – oder an die Gefahren, die auf dem Weg lauern konnten. Sie konzentrierte sich vollkommen auf ihr Vorhaben und auf nichts anderes.

Doch bevor sie sich in irgendeine Richtung auf den Weg machte, beschloss sie, noch ein paar Lebensmittel zu kaufen.

Da sie weder lesen noch schreiben konnte und Señora Arriaga nicht beunruhigen wollte, ging sie, anstatt ihr eine Nachricht zu hinterlassen, im Geschäft von Señor Ernesto vorbei, um dort die wenigen Dinge zu kaufen, die sie brauchte, und ihn zu bitten, Señora Arriaga auszurichten, dass sie für ein paar Tage weg sein würde, jedoch kein Grund zur Sorge bestehe.

Alle Leute, die ihr entgegenkamen, grüßten sie. Und sie grüßte lächelnd und winkend zurück.

In die Pedale treten, lieben, lächeln. Das war das Einzige, was sich, wie Doña Maru meinte, zwischen der Geburt und dem Tod lohnte.

Alles andere kam von allein.

»Und wo geht es hin, wenn man fragen darf?«

»Sicher dürfen Sie fragen, Señor Ernesto. Ich besuche meinen Enkel.«

»Oh, ich wusste gar nicht, dass Sie einen Enkel haben.«

»Wie sich herausgestellt hat, habe ich einen, ja«, entgegnete Doña Maru lächelnd. »Und ich möchte zu ihm fahren.«

»Und warum fahren Sie nicht selbst bei Señora Arriaga vorbei, um sich bei ihr zu verabschieden?«

»Ich habe es ein bisschen eilig. Wissen Sie, ich sehne mich danach, nach all der Zeit endlich meinen Enkel kennenzulernen.«

»Sie haben es eilig?« Señor Ernesto war kurz davor, in schallendes Gelächter auszubrechen. »Das hätte ich nicht gedacht!«

»Jetzt sind Sie überrascht, stimmt's?«

Der Mann sah die alte Frau liebevoll an, während er sich mit den Händen auf die Verkaufstheke stützte.

»Also dann wünsche ich Ihnen eine gute Reise, Doña Maru. Wir sehen uns, wenn Sie wieder zurück sind.«

»Natürlich, Señor Ernesto. Einen schönen Tag noch.«

»Vielen Dank. Ihnen auch.«

Als Doña Maru wieder auf die Straße trat, atmete sie mit geschlossenen Augen einmal tief durch. Sie hoffte, dass ihr auf diese Weise vielleicht eine Eingebung käme, welchem Weg sie folgen sollte. Doch als sie die Augen wieder öffnete, sah sie lediglich drei Jungen vor sich, die einen vierten verprügelten.

Die Angreifer waren ordentlich angezogen. Ihre Kleidung war zumindest sauber. Der Junge, der auf dem Boden lag und sich verzweifelt wehrte, trug dagegen nur ein abgenutztes T-Shirt mit einem Bild aus dem Film *König der Löwen* darauf, das ihm ein wenig zu klein war, und eine zu eng gewordene kurze Hose.

Doña Maru sah, dass einer der Jungen die Prügelei mit dem Handy filmte. Sie wusste, dass Kinder in diesen Tagen solche Dinge machten.

Ohne weiter darüber nachzudenken, lehnte sie ihr Fahrrad an die Außenwand des Geschäfts und ging, so schnell ihre alten Beine konnten, zu den Jungen hinüber.

»Kinder, was macht ihr denn da? Warum verprügelt ihr den Jungen?«

»Misch dich nicht ein, Alte!«, drohte der größte von ihnen.

»Was sind das denn für Manieren? Redet man so mit einer alten Frau?«

»Dieser stinkende Mistkerl hat uns etwas gestohlen«, sagte ein anderer.

»Das ist gelogen!«, schrie das Kind auf dem Boden. »Es gehört mir!«

Die Szene kam Doña Maru nur allzu bekannt vor.

»Findet ihr es fair, den armen Kerl so zu behandeln? Ihr seid zu dritt, und er ist allein. Und warum nehmt ihr das Ganze mit dem Ding da auf?«

»Sei still, Alte, oder willst du im Internet berühmt werden? Die Super-Oma im Kampf gegen Jugendliche … Was meinst du, wer da gewinnen wird?«

»Schämt ihr euch nicht, euch dermaßen danebenzubenehmen?«

Der Junge versuchte aufzustehen und die Gelegenheit zur Flucht zu nutzen, doch einer der Jungen stieß ihn erneut zu Boden.

»Ich werde Señor Ernesto Bescheid sagen«, sagte Doña Maru.

»Dem Alten von dem Geschäft?«, fragte ein anderer herausfordernd. »Ja, sag ihm, er soll was zu trinken mitbringen …«

»Los, kommt her, ihr Burschen, mal sehen, ob ihr bei mir auch so mutig seid!«

Die Jungen ergriffen sofort die Flucht. Doña Maru blickte in die Richtung, aus der die tiefe, dröhnende Stimme gekommen war. Ein etwa fünfundzwanzigjähriger Mann, der mehr als zwei Meter groß sein musste und nur aus Muskeln zu bestehen schien, kam zu ihnen herüber.

»Alles in Ordnung?«, fragte er Doña Maru.

»Aber sicher.«

»Und bei dir auch?«, wandte er sich an den Jungen, der immer noch am Boden lag, und hielt ihm die Hand hin.

Das Kind lehnte das Angebot beschämt ab und stand ohne Hilfe auf. Dabei hielt es etwas in der geschlossenen Hand.

»Was wollten diese Feiglinge denn diesmal von dir?«, fragte der Mann.

Der Junge öffnete wortlos die Hand und zeigte dem muskulösen Riesen seinen Schatz. Der nahm ihn vorsichtig entgegen und sah ihn sich genau an. Es handelte sich um eine abgenutzte *Pokémon*-Karte. Der Mann lächelte zärtlich, was in seinem strengen Gesicht ein wenig seltsam wirkte. Er wuschelte dem Jungen durchs Haar und sagte nichts mehr. Das Kind, das mühsam die Tränen zurückhielt, rannte davon.

»Vielen Dank, dass Sie uns zu Hilfe gekommen sind«, sagte Doña Maru.

»Keine Ursache.« Er schüttelte den Kopf und sah dem kleinen Jungen mit dem *König-der-Löwen*-Shirt hinterher. »Eine traurige Geschichte ist das. Ich kenne diesen Jungen. Das ist Víctor, er wohnt nicht weit von hier. Seine Mutter hat die Familie vor einer Weile verlassen, und sein Vater trinkt zu viel. Die anderen Kinder machen sich dauernd über ihn lustig. Er erinnert mich ein bisschen an mich selbst, als ich noch klein war.« Der Mann machte eine Pause. »Und die anderen auch.«

»Was meinen Sie damit?«

»Ich bin in einem Waisenhaus aufgewachsen, und die anderen Kinder haben mich ständig geärgert. Später, nachdem ich das Waisenhaus verlassen hatte, habe ich gemerkt, wie stark ich geworden war und dass ich lernen musste, mich zu verteidigen. Deswegen habe ich mit dem Boxtraining begonnen. Und dann, aus aufgestauter Wut heraus oder um den anderen zu imponieren, bin ich genauso wie diejenigen geworden, die mich einst verprügelt hatten. Ja, ich wurde genauso wie sie. Ganz schön dumm, finden Sie nicht? Bis ich an einen geraten bin, der noch stärker und noch brutaler war als ich. Da habe ich begriffen, dass Gewalt weder der richtige Weg noch die Lösung ist. Aber verzeihen Sie«, unterbrach er sich selbst, »ich möchte Sie nicht mit meinen Geschichten langweilen.«

Er schickte sich an zu gehen, aber Doña Maru hielt ihn am Arm zurück.

»Junger Mann, Ihre Geschichte ist wunderbar. Sind Sie mal auf den Gedanken gekommen, Kindern zu helfen, die in der gleichen verzweifelten Lage sind wie Sie damals? Die Welt braucht mehr starke und kluge Menschen wie Sie.«

»Wie könnte ich das tun?«

»Melden Sie sich bei Señora Arriaga in dem Waisenhaus hier in der Nähe. Sagen Sie ihr, dass ich Sie geschickt habe. Erzählen Sie ihr Ihre Geschichte und das, was heute passiert ist. Und wenn Sie Víctor, den armen Jungen, das nächste Mal sehen, dann reden Sie mit ihm; sagen Sie ihm, dass es einen Weg gibt, um aus dieser Lage herauszukommen. Sorgen Sie dafür, dass er mehr Selbstvertrauen bekommt. Dies ist die einzige Art, die Liebe zu finden: erst einmal zu geben. Was in der Vergangenheit gewesen ist, spielt keine Rolle. Man muss einfach nur geben.« Der Boxer hörte Doña Maru aufmerksam zu. »Wissen Sie, ich bin auf der Suche nach meinem Enkel«, fuhr sie fort. »Auch er ist in einem Waisenhaus gewesen. Ich kenne ihn noch nicht und habe keine Ahnung, wo ich ihn finden werde, aber ich weiß, dass ich den ersten Schritt tun muss.«

»Erlauben Sie mir die Frage, in welchem Waisenhaus Ihr Enkel gewesen ist?«

»In Santa Lucía del Camino.«

Der Boxer sah sie überrascht an.

»Genau wie ich. Wie ist sein Name?«

Doña Maru, die dies absolut nicht für einen Zufall hielt, lächelte. Sie wusste, dass die Maschinerie sich in Gang gesetzt hatte, dass das Rad begonnen hatte, sich zu drehen.

»Elmer. Elmer Expósito.«

»Elmer! Das gibt's ja nicht! Er war mein einziger Freund! Ich bin etwas älter als er, aber … Elmer, das war ein toller Junge …«

»Und wissen Sie, wo ich ihn finden könnte?«

Das Gesicht des Boxers verdüsterte sich.

»Ich fürchte, da kann ich Ihnen nicht helfen. Es ist schon sehr lange her, dass wir zusammen im Waisenhaus waren. Wir haben den Kontakt verloren, als er verschwand. Aber ich erinnere mich, dass, bevor er aus dem Waisenhaus weggelaufen ist …« Der Mann hielt inne. »Wissen Sie, dass er erst dreizehn Jahre alt war, als er ausgerissen ist?« Doña Maru nickte schweigend. »Bevor er weggelaufen ist, hat er mir gesagt, dass er nach Veracruz will. Ich habe nie verstanden, warum.«

»Vielen Dank. Sie waren mir eine große Hilfe«, sagte die alte Frau lächelnd. »Vielen Dank für alles.«

Unter dem aufmerksamen Blick des kräftigen jungen Mannes ging sie auf ihr Fahrrad zu.

»Wollen Sie auf diesem Ding da nach Veracruz fahren?«

Doña Maru wischte sich den Schweiß von der Stirn, bevor sie antwortete.

»Ja. Auch wenn es nicht so aussieht, habe ich kräftige Beine. Auf diesem Fahrrad werde ich wieder jung.«

»Bitte fahren Sie vorsichtig. Sind Sie sicher, dass niemand Sie dorthin fahren kann? Ich könnte …«

Die alte Frau winkte ab.

»Sie wissen aber schon, wie gefährlich das ist?«

»Es gibt immer einen gutherzigen Menschen, der bereit ist, einem zu helfen. Man kann nicht in ständiger Angst leben.«

Der Boxer nickte. Ein Teil seines Herzens verstand die Beweggründe der alten Frau nur zu gut.

»Wenn Sie Elmer finden, dann richten Sie ihm von Francisco Javier aus, dass er das, was er sich vor seiner Flucht aus dem Waisenhaus ausgeliehen hat, nicht zurückgeben muss.«

»Und was war das?«

»Eine *Pokémon*-Karte. Sagen Sie ihm, dass ich sie bereits gefunden habe.« Er zwinkerte Doña Maru komplizenhaft zu.

Die alte Frau verstand nicht ganz, worauf er sich bezog, zwinkerte jedoch lächelnd zurück.

Pokémon.

4

Die Großmutter, die auf einem Fahrrad durch die Welt fuhr

Die größte Weisheit ist es, so große Träume zu haben, dass man sie verliert, während man nach ihnen sucht.

WILLIAM FAULKNER

Francisco Javier, der Boxer mit dem guten Herzen, hatte Doña Maru empfohlen, den Weg über La Vega del Sol, Camelia Roja, Tierra Blanca, El Moralito und Boca del Río zu nehmen. Obwohl sie einen Zettel dabeihatte, den der Boxer sich von Señor Ernesto hatte geben lassen und auf dem er alles notiert hatte, hatte Maru sich den Weg gemerkt, da sie ja weder lesen noch schreiben konnte.

Hätte sie in diesem Moment von der Existenz Ludwig Wittgensteins und dessen Feststellung *Die Welt ist meine Welt* gewusst, hätte sie diese sicher trotz ihrer Unwissenheit bestätigt.

Während Doña Maru in Richtung Veracruz fuhr, hatte sie nur ein Ziel und eine Gewissheit im Kopf: ihren Enkel zu finden und dass es ihr gelingen würde.

In Gedanken hatte sie Veracruz bereits erreicht. Nun musste sie nur noch den Weg zurücklegen.

Dabei kamen ihr ein paar kurze Episoden ihres Lebens ins Gedächtnis, die sie an sich vorüberziehen ließ, ohne sie festhalten zu wollen.

Was sie in all den Jahren gelernt hatte, war, dass es im Leben in Wirklichkeit nur zwei Arten gab, sich zu verhalten: Man konnte Liebe geben oder um Liebe bitten. Alles andere war immer nur eine Variation desselben Themas. Und das Problem war, dass die meisten Menschen dazu neigten, die Symptome dieser beiden einzig entscheidenden Gefühle zu verwechseln: der Liebe und der Angst.

Francisco Javier, der Boxer mit dem großen Herzen, war dafür ein gutes Beispiel. Durch seinen heftigen Wunsch nach Liebe, mit der er die Angst, die in der Tiefe seines Herzens herrschte, beruhigen wollte, war er zum Grobian geworden. Natürlich war es äußerst unklug, auf diese Weise sein Glück zu versuchen, was nur einmal mehr bestätigte, dass die Welt immer verrückter wurde. Und so hatte der Boxer mit Gewalt und Einschüchterung versucht, das zu bekommen, was – wie er später zum Glück begriff – nur durch Freundlichkeit, Mitgefühl und Warmherzigkeit zu erlangen war.

Es gab immer mehr Menschen auf der Welt, die sich so verhielten. Sie handelten eher aus Verwirrung oder Unwissenheit denn aus wirklicher Boshaftigkeit, doch die Auswirkungen ihres Verhaltens waren am Ende für sie selbst und für die Menschen, die sie umgaben, schlimm.

Doña Maru hatte seit langer Zeit damit aufgehört, Leute zu verurteilen.

Sie hatte am eigenen Leib erfahren, wie gut es tat, zu geben und mit einer vertrauensvollen und gutwilligen Geste den ersten Schritt zu tun. Sie war überall beliebt und wurde von den anderen immer gut behandelt, hatte stets ein Dach über dem Kopf und ein Stück Brot auf dem Teller. Mehr brauchte man eigentlich nicht, und alles, was darüber hinausging, waren Diamanten und Edelsteine, die das Leben einem schenkte. So dachte Doña Maru.

Was ihr an den Karamellkeksen so gut gefiel, war, dass eine ihrer wichtigsten Erfahrungen daran geknüpft war; diese Erfahrung bewies, dass das Leben und wir alle einen unendlichen Reigen bilden, in dem alles und jeder miteinander verbunden ist, und dieser Reigen wiederum führt die Vergangenheit, die Gegenwart und die Zukunft in einem Kern zusammen. Dieser Kern kann nur in der Gegenwart betrachtet werden, denn die Gegenwart ist nichts anderes als die Ewigkeit.

Alle anderen Zeitformen sind reine Illusion, denn die Zeit kann keine Ewigkeit enthalten, so wie die Summe der Teile immer weniger als das Ganze ist.

Die Karamellkekse dagegen waren real – und nicht wie die banalen Empfindungen, welche die von einigen Kindern auf der verzweifelten Suche nach sofortiger Anerkennung aufgenommenen aggressiven Videos hervorriefen.

Doña Marus Kekse bewahrten den intensiven Geschmack der Geduld, einen Anflug von Menschlichkeit und sehr viel Liebe, und sie waren ganz anders als die maschinell hergestellten Süßigkeiten.

Und die Reise, die Doña Maru gerade auf ihrem himmelblauen Fahrrad angetreten hatte, wies die gleichen Eigenheiten wie diese handgemachten Karamellkekse auf. Wäre der Effekt denn der gleiche, wenn sie mit dem Zug fahren oder zulassen würde, dass jemand sie mit dem Auto mitnahm? Wahrscheinlich hätte sich der spirituelle Wert ihrer Reise unterwegs verflüchtigt.

Nachdem Doña Maru etwas mehr als zehn Kilometer hinter sich gebracht hatte, beschloss sie, eine Pause einzulegen. Sie hatte sich vorgenommen, etwa dreißig Kilometer am Tag zurückzulegen. Auf diese Weise würde sie in ungefähr zwei Wochen Veracruz erreichen. Sie fürchtete sich nicht davor, unter freiem Himmel zu schlafen, da sie nichts Wertvolles bei sich trug und ihr Körper nicht mehr der einer jungen Frau war, der die Männer reizte.

Sich noch einmal draußen behaglich auf ihrer Decke auszustrecken und die Sterne zu betrachten erinnerte sie an die schönen Seiten ihrer Kindheit und auch an ihren Sohn Santiago.

An einer Stelle des holprigen Weges, die ihr für eine Rast geeignet schien, hielt sie an. Sie lehnte das Fahrrad an einen Baum und sah sich um. Alles war still. Es war heiß. Doña Maru nahm eine Feldflasche mit Wasser aus dem am Fahrrad befestigten Korb und trank einen kleinen Schluck.

Als sie plötzlich das Weinen eines Säuglings hörte, schreckte sie auf. Sie sah sich um, konnte jedoch niemanden entdecken, sodass sie sich fragte, ob sie sich das Weinen vielleicht nur eingebildet hatte.

Doch wie sich herausstellen sollte, war das nicht der Fall.

5

Auf ewig neu geboren

Dieser Moment, genau jetzt, ist also entscheidend,
denn nur in diesem Moment leben wir …
Es ist der einzige, den wir je erfahren werden.
JON KABAT-ZINN

Ganz in der Nähe, hinter einem Busch, der Doña Maru zunächst die Sicht versperrt hatte, stand eine junge Frau, beinahe noch ein Kind, die einen Säugling in den Armen hielt. Langsam ging Maru auf die beiden zu.

»*Quiubo*«, grüßte sie.

Die junge Frau antwortete nicht. Sie sah unschlüssig auf das kleine Wesen hinunter, das sie in den Armen hielt.

Doña Maru erinnerte sich noch gut an das erste Mal, als sie ihre Periode bekommen hatte. Es war an einem ähnlichen Ort wie diesem hier gewesen, einige Monate bevor sie Don Humberto und Doña María Fernanda kennengelernt hatte. Die Nonnen hatten ihr nichts davon gesagt, und erst als sie bei dem mexikanischen

Ehepaar in Diensten stand, erfuhr sie dank der anderen Dienstmädchen, dass sie nicht sterbenskrank war.

»Geht es euch gut? Braucht ihr etwas?« Schritt für Schritt ging sie weiter auf die beiden zu, bis sie die Schulter der jungen Frau berühren konnte. »Was für ein hübsches Baby. Wie heißt es?«

»Marina.«

»Das ist ein schöner Name«, sagte Doña Maru. Sie blickte zum Himmel auf. Die Sonne stand schon hoch am Himmel, bald würde es noch heißer werden. »Darf ich fragen, wohin ihr unterwegs seid?«

Doña Maru fand, dass sie sich in ihrem Alter ein paar Freiheiten nehmen durfte, zum Beispiel, direkt zur Sache zu kommen, um keine Zeit zu verlieren. Sie wollte sich nicht in das Leben anderer einmischen, aber ihrer Meinung nach war diese Hitze nicht gerade gut für ein Neugeborenes.

Die junge Frau antwortete nicht. Das war auch nicht nötig, denn Doña Maru konnte sich schon denken, was los war.

»Ich komme gerade von dort«, sagte sie ohne Umschweife. »Aus dem Waisenhaus, meine ich. Die kümmern sich gut um die Kinder, aber mit der Liebe einer Mutter ist nichts zu vergleichen.«

Die junge Frau hob zögernd den Blick und sah die alte Frau zum ersten Mal an. Ihre Wange wurden rot.

»Woher wissen Sie das? Woher wissen Sie denn, dass ich …?«

»Glaub mir, mein Kind, ich verstehe dich nur zu gut. Aber ich weiß auch, was dieses hübsche Baby durchmachen wird, wenn du dich entscheidest, es dort abzugeben.«

»Sie meinen, Marina wird mir das niemals verzeihen?«

»Das ist nicht so wichtig. Das, was zählt, ist, ob du dir selbst verzeihen wirst.«

Die junge Frau senkte den Blick.

»Ich weiß nicht, wer der Vater ist.« Doña Maru betrachtete das Mädchen aufmerksam und interessiert, aber es lag kein Vorwurf in ihrem Blick. »Ich habe mit mehreren Männern geschlafen. Das ist wohl meine Art, nach Liebe zu suchen …«

»Und deine Eltern?«, fragte Doña Maru.

»Meine Eltern wissen nichts davon. Ich bin vor einigen Monaten von zu Hause weggelaufen. Aber wenn sie es wüssten, würden sie mich sowieso nicht verstehen. Außerdem sind sie sehr arm, sie können mir auch nicht helfen.«

Doña Maru schloss kurz die Augen.

»Dann hilf du ihnen«, sagte sie schließlich.

Die junge Frau zog fragend die Augenbrauen hoch.

»Hilf ihnen, indem du zu ihnen zurückkehrst. Ich bin mir sicher, dass sie dich vermissen. Hast du mal darüber nachgedacht, was es für Eltern bedeutet, ihr Kind zu verlieren? Stell dir doch mal vor, wie es für dich wäre, wenn du dein Kind für immer verlierst.

Ich verurteile dich nicht für das, was du tun willst, glaub mir. Und ich kann dir auch nicht garantieren, dass alles gut gehen wird, wenn du dich entscheidest, dein Kind zu behalten. Was ich dir jedoch versichern kann, ist, dass eine Mutter ihr Kind niemals vergisst und ihm ewig nachtrauern wird. Tu also den ersten Schritt, und sprich mit deinen Eltern. Bitte sie um Hilfe.«

»Aber wie können sie mir helfen? Sie haben selbst nichts.«

»Hör mal, ich kenne viele Leute, die ihr Leben damit verbringen, durch die Gegend zu hetzen und sich in einem Job kaputtzuarbeiten, der ihnen nicht gefällt, um ihren Kindern das beste Leben zu ermöglichen. Das Problem dabei ist nur, dass das, was sie als ›das Beste‹ bezeichnen, in einem materiellen Sinne gemeint ist. Aber sie haben niemals Zeit für ihre Kinder und wenn doch, dann sind sie erschöpft und beschränken sich darauf, auf dem Sofa vor dem Fernseher zu sitzen, auf ihr Handy zu starren, Alkohol zu trinken, um alles Unangenehme zu vergessen, oder, im besten Falle, einfach auszuruhen. Dabei muss man wissen, dass das, was Kinder wirklich brauchen, Zuneigung, Liebe, Gesellschaft, Freiheit, Vertrauen und Sicherheit sind. Mehr nicht. Und nichts davon kostet Geld.«

Die junge Frau blickte mit einem schüchternen Lächeln auf den Säugling hinab und beugte sich über das kleine Gesicht.

»Ich wäre gern wie ein Neugeborenes – so frei von allen Sorgen«, meinte sie dann.

Doña Maru lächelte und strich ihr über den Arm.

»Du kannst wie ein Neugeborenes sein. Das ist ganz einfach.«

Die junge Frau sah die alte Großmutter ungläubig an.

»Hast du mal zugesehen, wenn zwei Katzen sich zanken? Wenn der Kampf vorbei ist, wenden sie sich wieder anderen Dingen zu und vergessen den Ärger einfach. Nur Sekunden später spielen sie wieder miteinander. Anders als die Menschen, die sich unaufhörlich fragen: ›Und was ist, wenn die böse Katze zurückkehrt?‹ Oder: ›Was habe ich getan, dass es zu diesem Streit gekommen ist?‹ Neugeborene und kleine Kinder verhalten sich, obwohl sie Menschen sind, wie die Tiere. Sie leben im Hier und Jetzt, ohne an die Vergangenheit oder an die Zukunft zu denken … Weil sie sich dessen nicht bewusst sind. Sie wissen nicht, wozu man eine Tasse braucht, eine Fahrkarte, ein Feuer, und auch nicht, was man mit diesen Dingen machen oder von ihnen erwarten kann. Für sie ist immer alles neu.«

»Wollen Sie damit sagen, dass sie, weil sie noch keine Erfahrungen haben, unbelastet sind und sie das von allem befreit?«

»Ich will damit sagen, dass sie genau wie wir alle vollkommen unberührt auf die Welt kommen, ohne

Ballast, ohne bereits Belehrungen erhalten zu haben, ohne Angst, ohne Einschränkungen und ohne irgendetwas, das es ihnen ermöglichen würde, auf eine andere Art zu leben als im Hier und Jetzt. Oder besser: Sie leben jede Sekunde, ohne sich Sorgen um das zu machen, was danach kommen könnte, und ohne durch das, was geschehen ist, unter Druck gesetzt oder beeinflusst zu werden. Sie werden ohne irgendeinen Glauben oder eine bestimmte Art, die Welt zu sehen, geboren, aber mit Armen, Beinen und Augen. Nur diese Arme, Beine und Augen sind real, aber der Glaube und alles andere sind Dinge, die wir nach und nach entwickelt oder von hier und dort mitgenommen haben, ziemlich willkürlich übrigens.«

Das Lächeln der jungen Frau wurde immer breiter.

»Vor langer Zeit habe auch ich ein Kind verloren«, fuhr Doña Maru fort. »Einen Jungen. Ich habe ihn eigentlich schon lange vor seinem Tod verloren, weil ich nichts mehr von ihm gewusst habe. Genauso wie ich nichts über meine Eltern gewusst habe, sodass ich gezwungen war, mein Leben ganz allein zu meistern, mir alles selbst beizubringen. Doch als ich meinen Sohn verloren habe, habe ich, obwohl er noch lebte, auch einen Teil von mir selbst verloren. Und dieser Teil, der unaufhaltsam verloren ging, wurde immer größer, bis ich mich gefragt habe, was aus mir werden soll. Wenn ich keine Wurzeln hatte und kein Ziel, wer war ich dann? Was war ich dann? Ich habe viele Jahre gebraucht, um zu verstehen, dass ein Bär nicht wissen muss, dass er ein Bär ist, um einer zu sein. Er ist es einfach. Und ich stelle mir vor, dass es so auch mit allem anderen ist: Wir denken immer, dass wir ohne unseren Glauben und die Erfahrungen aus der Vergangenheit oder ohne klare Ziele ins Chaos stürzen. Und das Chaos erschreckt uns, weil wir es nicht kennen und denken, dass wir, wenn wir kein Bild von uns selbst haben, etwas, was all unsere Erfahrungen zu verbinden scheint, verrückt werden, nicht wir selbst sind, *absolut nichts sind.* Doch ich habe herausgefunden, dass dem nicht so ist. Denn es ist ganz sicher, dass wir auch jenseits dessen, was wir tun oder denken, waren und sein werden. Unabhängig davon führt uns das, was wir tun und denken, entweder zu dem, was wir wirklich sind, oder es entfernt uns von unserer wahren Natur. Unser Herz aber weiß genau, wer wir sind, und wird nicht müde zu hoffen, dass wir es selbst entdecken. Unterdessen sendet es uns Signale. Das ist seine Art, ein Spiel zu spielen, dessen Ausgang es bereits kennt: Wir haben allein durch unser Dasein auf der Erde eine Spur hinterlassen. Mehr brauchen wir nicht. Wir sind bereits ein Teil des Großen Plans, obwohl wir noch keine Ahnung haben, was unsere Rolle ist. Und die Signale, die unser Herz uns schickt und die nichts anderes sind als ein Echo des Himmels, werden uns helfen, diese zu finden.«

Die junge Frau hörte zu, ohne Doña Maru auch nur ein einziges Mal zu unterbrechen. Mit einem Mal drückte sie ihr Kindchen fester an sich und hielt es überzeugter in den Armen.

»Denkst du wirklich, dass die Existenz – meine, deine oder die der kleinen Marina – einfach Zufall ist? Denkst du tatsächlich, dass wir uns heute hier zufällig getroffen haben? Ist es deiner Meinung nach ein Zufall, wenn man an jemanden denkt, den man jahrelang nicht gesehen hat, und ihm am selben Tag begegnet? Ich lebe schon lange genug, mein Kind, um zu wissen, dass nichts einfach so geschieht.«

»Ich weiß nicht, was ich sagen oder wie ich Ihnen danken soll, Señora …«

»Ich bin Doña Maru.«

»Doña Maru. Vielen Dank.«

»Ich danke dir, meine Kleine. Wie ist dein Name?«

»Esmeralda.«

»Kommst du von weit her?«

»Aus der Nähe von Veracruz, Doña Maru.«

Die alte Frau lächelte. Es war so einfach, den Mechanismus in Gang zu setzen, der alle Antworten offenlegte! Man musste vorher nur etwas geben, jemandem Liebe geben; die Augen, die Ohren und das Herz öffnen und sich selbst von Vorurteilen befreien.

»Ich bin auf dem Weg nach Veracruz«, sagte Doña Maru. »Vor Kurzem habe ich erfahren, dass mein Sohn Santiago gestorben ist.« Esmeralda schickte sich an, ihr Beileid auszusprechen, wovon die alte Frau sie mit einer Geste ihrer Hand abhielt. »Er hatte auch einen Sohn, Elmer, meinen Enkel, den ich nie kennengelernt habe. Ich bin auf der Suche nach ihm.«

»Elmer …«, murmelte Esmeralda vor sich hin und nickte. Doña Maru schien plötzlich ein wenig befangen, was der jungen Frau nicht entging. »Oh, es ist nicht, was Sie denken, Doña Maru. Er ist nicht einer dieser jungen Männer, mit denen ich geschlafen habe. Elmer, dessen Vater Santiago hieß. Ich habe ihn vor Jahren kennengelernt. Er hat einmal verhindert, dass ein paar Jungen mir einen Keks weggenommen haben.«

Unter normalen Umständen hätte ein solcher Zufall sogar Doña Maru erstaunt. Allerdings war sie sich bewusst, dass dies eine außergewöhnliche Situation war. Das wiederholte Auftreten derartiger »Zufälle« ließ sie vermuten, dass das Schicksal ihr ein Zeichen sandte.

»Wir haben uns damals ein wenig unterhalten«, fuhr die junge Frau fort. »Elmer erzählte mir, dass er aus dem Waisenhaus weggelaufen sei und nach Veracruz wollte. Er hatte gehört, dass seine Mutter, die er nie kennengelernt hatte, dort sei. Ja, ich erinnere mich genau. Elmer war auf der Suche nach seiner Mutter.«

Doña Maru hörte stumm zu, während eine Träne ihr langsam über die Wange rollte.

»Vielen Dank, Esmeralda«, sagte sie dann. »Nun bin ich dir wohl etwas schuldig.«

»Dann sind wir also quitt«, meinte die junge Frau und zwinkerte Doña Maru zu.

»Aber ich möchte dir auf jeden Fall noch einen letzten Rat geben, Esmeralda. Etwas, das sowohl dir als auch Marina in der Zukunft helfen wird: Schreib alles auf, was das Interesse deines Kindes zu erwecken scheint. Aber du musst es regelmäßig tun. Alles, was dein Kind glücklich macht: Klötze zu stapeln, dir beim Kochen zu helfen, mit seinen Puppen Arzt oder Lehrerin zu spielen, zu tanzen … Egal, was. Schreib es auf. Denn es wird der Tag kommen, an dem Marina entscheiden muss, welchen Weg sie gehen will, und es gibt nur eine Art zu wissen, was unser Ziel ist: Glück zu empfinden. Wenn aus deinem Kind eine Frau geworden ist, die dabei ist, die ersten Schritte ins Erwachsenenleben zu tun, erinnere sie daran, was sie als kleines Mädchen glücklich gemacht hat. Viele Leute sagen: ›Als Kind wollte ich Astronaut werden.‹ Dabei haben sie all die Jahre über nicht in die Sterne geschaut oder in ihrer Kindheit eine Rakete gebaut. Manchmal sind solche Fantasien Ausreden, um uns nicht der Tatsache stellen zu müssen, dass wir nicht das für uns gewählt haben, was uns glücklich gemacht hätte. Das größte Geschenk, das du deiner Tochter machen kannst, ist, ihr die Möglichkeit zu geben, das zu wählen, was sie für den Rest ihrer Tage glücklich macht, denn das wird sie stets zu dem Moment zurückführen, in dem ihr Bewusstsein und ihr Herz noch rein und unbelastet waren, wie du gesagt hast, ohne von irgendetwas beeinflusst zu sein. Ob sie diesen Weg dann weitergehen möchte oder nicht, wird sie selbst entscheiden, aber du hast sie daran erinnert; du hast sie an das Erste erinnert, was ihr Interesse geweckt hat und was sie vielleicht vergessen hat.«

Nun konnte die junge Mutter die Tränen nicht länger zurückhalten.

»Danke, Doña Maru, danke.«

»Nicht weinen, meine Liebe«, sagte die alte Frau, während sie Esmeralda umarmte. »Ich habe auch etwas für dich. Etwas, was du in guter Erinnerung hast.«

Doña Maru stand auf und ging langsam zu ihrem Fahrrad hinüber. Sie wühlte in ihrem Korb und kehrte dann wieder zu Esmeralda und ihrer kleinen Tochter zurück.

»Hier, bitte. Ein Karamellkeks. Aber es ist ein chilenischer Keks. Die sind anders als die mexikanischen.«

»Wie schön!«, sagte Esmeralda, die unter Tränen lachte. »Das ist nun schon das zweite Mal, dass jemand aus Ihrer Familie dafür sorgt, dass ich einen Karamellkeks essen kann. Viel Glück bei der Suche nach Ihrem Enkel.«

Doña Maru küsste Esmeralda auf die Stirn.

»Kehr zu deinen Eltern zurück, Esmeralda! Sie werden alles verstehen. Und vergiss nicht: Immer wieder zu lieben und nichts als gegeben hinzunehmen macht uns zu ewig Neugeborenen.«

Die junge Frau lächelte und hob die Hand zum Gruß, und Doña Maru kehrte zu ihrem Fahrrad zurück.

6

Trugbilder scheinen echt zu sein, doch ihnen nachzulaufen wird dich niemals befriedigen

Die höchste Form menschlicher Intelligenz ist die Fähigkeit, zu beobachten, ohne zu bewerten.

JIDDU KRISHNAMURTI

Trugbild
Zusammengesetztes Wort aus Trug (Betrug, Täuschung) und Bild (Dargestelltes, Wiedergegebenes)
1. Auf einer Sinnestäuschung beruhende Erscheinung
2. Bild der Fantasie

Wenn man die Wüste durchquert und schon lange nichts mehr getrunken hat, kann es sein, dass man in der Ferne eine Oase sieht. Doch geht man auf sie zu, entpuppt sie sich als Fata Morgana und man kann nicht nur seinen Durst nicht stillen, sondern hat auch unnötig Kraft vergeudet, indem man einer Illusion hinterherläuft. Und hört man nicht damit auf, ist es möglich, dass man krank wird oder sogar stirbt.

(Man kann auch innerlich sterben.)

Das ist eine Tatsache, und sie ist, von außen gesehen, so vollkommen einleuchtend und klar, dass man sich wundert, in welchem Maße wir Menschen unser Leben und unsere Kraft vergeuden, indem wir Trugbildern und Illusionen hinterherlaufen: der Bestätigung durch andere, materiellen Gütern, die unsere Möglichkeiten und unsere wirklichen Bedürfnisse übersteigen, falscher Anerkennung, einer Zeit, die unwiederbringlich verloren ist, oder einer Zeit, die erst noch kommt … Wenn wir einem Trugbild hinterherlaufen, werden wir es nie erreichen – aus dem einfachen Grund, dass nichts davon der Wirklichkeit entspricht.

Doch was ist die Wirklichkeit?

Die Wirklichkeit liegt jenseits von Vorstellungen, die ein Mensch von seinen Vorfahren übernommen hat oder die aufgrund bereits lange zurückliegender Erfahrungen entstanden sind.

* * *

In jener Nacht schlief Doña Maru mit dem Gedanken an all die Neugeborenen ein, für die jeder Augenblick noch neu und unverfälscht war. Man sollte ihnen nacheifern, dachte sie noch, als sie sich auf ihrer alten Decke unter dem Sternenhimmel ausstreckte, und als sie am nächsten Morgen erwachte, wiederholte sie, ohne groß darüber nachzudenken, ein kleines Ritual, das sie sich mit den Jahren angewöhnt hatte.

Der Schlüssel dafür, unabhängig vom Alter wie ein ewiges Neugeborenes zu empfinden, liegt bekanntlicherweise darin, »die Gegenwart zu leben«.

Sogar sie, eine alte Frau, die weitab vom geschäftigen Treiben der großen Welt in ihrer Holzhütte am Rand von Oaxaca lebte, hatte inzwischen mitbekommen, dass seit geraumer Zeit alle das gleiche Mantra verkündeten. Es wurde in Zeitschriften und im Fernsehen gepredigt, von Motivationstrainern und von den neuen Gurus: *Carpe diem* – lebe den Moment, nutze den Tag!

Doña Maru jedoch war der Überzeugung, dass man so etwas nicht erzwingen konnte. Ihre Alternative war, *in* dem Moment (und nicht nur den Moment) zu leben, was unvermeidlicherweise voraussetzte, *in* der Gegenwart zu sein.

Sie wusste, dass die Menschen auf die unterschiedlichsten Mittel zurückgriffen (Bücher, Therapeuten, Alkohol, Drogen), um Gelassenheit und Frieden zu finden und um das Gefühl zu haben, das Leben wirklich zu leben und zu genießen. Sie hofften darauf, dass irgendein äußeres Mittel – ähnlich wie ein Zauberstab – ihnen dabei helfen könnte, inneren Frieden, Glück und Weisheit zu erlangen. Was die meisten dabei nicht wussten, war, dass all diese Dinge in ihnen selbst ruhten. Sie mussten nur ihre Augen und ihre Herzen öffnen und einen Schritt weiter gehen, denn gute Absichten, kluge Gedanken und die besten Vorsätze allein reichen nicht aus. Dieser Schritt bestand darin, zur Tat zu schreiten.

Und auch wenn die Versuchung groß war, konnte man diese Sache keinem anderen überlassen.

Jeder ist seines eigenen Glückes Schmied.

Ohne sich zu erinnern, wann genau sie eigentlich damit angefangen hatte, verwendete Doña Maru die ersten Minuten des Tages stets darauf, gar nichts zu tun. Sie beschränkte sich darauf, mit geschlossenen Augen auf der alten Bank auf ihrer Veranda zu sitzen und einfach nur zu atmen.

Auf diese Weise hatte sie herausgefunden, dass Atmen nur in der Gegenwart möglich war.

Mit der Zeit wurde die Anzahl der Momente, in denen sie sich darauf beschränkte, nur zu atmen oder dem, was sie tat – so unbedeutend es auch schien –, ihre ganze Aufmerksamkeit zu widmen, immer größer. Dabei vergaß sie jedoch nie das erste Mal, an dem sie sich darauf beschränkt hatte, die Augen zu schließen und nichts anderes zu tun als das.

Es war ein Morgen wie jeder andere gewesen.

Und von da an hatte sie sich dieses kleine Ritual angeeignet. Sie begann den Tag damit, einige Minuten darauf zu verwenden, zunächst sich selbst und dann die Welt, die sie umgab, wahrzunehmen.

Auch in Momenten, in denen sie von Unruhe ergriffen wurde, hatte sie es sich zur Gewohnheit gemacht, für einige Minuten bedächtig ein- und auszuatmen, um zur Gelassenheit zurückzufinden. Denn der Akt des Atmens ließ keinen Raum für Sorgen oder Pläne.

Langsam die Augen öffnen. Den Baum, der vor uns steht, sehen, und nicht die Vorstellung des Baums, die sich in unser Bewusstsein eingeprägt hat. Den Baum sehen wie zum ersten Mal. Ihn sehen, wie ein Neugeborenes es tun würde.

* * *

Doña Maru öffnete langsam die Augen. Der Morgen brach an. Ohne einen Wecker zu brauchen, erwachte ihr Körper auf natürliche Weise aus dem Schlaf. Die Kühle des Morgen war für sie ein kostbares Gut. Sie würde gleich die ersten Kilometer zurücklegen, und wenn dann die drückende Hitze eintrat, hätte sie den größten Teil ihrer täglichen Etappe bereits hinter sich gebracht.

Doña Maru liebte es, den Tag in aller Frühe zu beginnen.

Die ganze Welt allein für sich zu haben. Absolute Gelassenheit. Das sorglose Zwitschern der Vögel. Die Stille.

Nachdem sie sich gereckt und gestreckt hatte wie eine Katze, schüttelte sie die Decke aus, auf der sie geschlafen hatte, und faltete sie sorgfältig zusammen. Sie legte sie in die Kiste auf ihrem Gepäckträger, nahm sich einen Karamellkeks und aß ihn langsam und bedächtig. Dabei überlegte sie, dass sie im nächsten Ort anhalten musste, um sich ein paar Vorräte zuzulegen.

Dann stieg sie auf ihr himmelblaues Fahrrad und trat langsam in die Pedale, bis sie den richtigen Rhythmus gefunden hatte.

Eine halbe Stunde später erreichte sie den nächsten Ort. Bei dem ersten kleinen Lebensmittelgeschäft, das auf ihrem Weg lag, machte sie Halt. Es sah recht bescheiden aus, und sie hatte die Hoffnung, dass die Preise hier nicht so hoch sein würden. Unglücklicherweise sahen die Karamellkekse, die man dort anbot, nicht wirklich gut aus.

»Guten Tag!«, rief sie, als sie eintrat. Obwohl die Tür offen stand, war niemand da, um sie zu bedienen. Wie es aussah, lebte der Ladenbesitzer in den hinteren Räumen. Nur ein Glockenspiel, das aus Kronkorken gefertigt war und von der Decke baumelte, kündigte an, dass ein Kunde da war.

Während Doña Maru darauf wartete, dass jemand kam, ließ sie ihren Blick über die wenigen Regale schweifen. Die meisten waren so gut wie leer.

»Und warum soll ich von hier fortgehen?«, fragte die Stimme eines jungen Mannes irgendwo im Hinterzimmer. Obwohl es als Frage formuliert war, klang es aufsässig.

»Darum«, antwortete eine weibliche Stimme, der man die Erschöpfung anhörte.

»Du willst doch nicht dein Leben damit verbringen, diesen Laden zu führen, oder?«, wandte eine zweite männliche Stimme ein.

»Was ist denn nicht in Ordnung mit dem Laden?«

»Mein Sohn, du bist zu viel mehr in der Lage als …«

»Ist jemand da?«, rief Doña Maru.

»Eine Sekunde!«, entgegnete die männliche Stimme.

Gleich darauf trat ein hagerer Mann mit einem dünnen Schnurrbart hinter dem Plastikperlenvorhang hervor.

»Guten Tag, Señora. Was kann ich für Sie tun?«

»Guten Tag. Sie haben nicht vielleicht ein paar Tortillas, zwei Paprikaschoten, zwei Tomaten und einige Avocados?«

»Sie haben aber schon früh Hunger auf eine herzhafte Mahlzeit«, scherzte der Verkäufer. In seinen Augen lag eine seltsame Mischung aus einem gesunden Sinn für Humor und der Sorge um die Zukunft.

»Ich bin auf der Durchreise.«

»Auf der Durchreise also.« Er nickte. »Das habe ich mir gleich gedacht, denn ich habe Sie hier noch nie gesehen, Señora.«

Es war nicht weiter verwunderlich, dass der Mann sofort wusste, dass Doña Maru nicht aus dem Ort stammte, denn der war so klein, dass ganz sicher jeder jeden kannte. Dennoch schien er nicht die Absicht zu haben, sie weiter auszufragen oder mit ihr zu plaudern.

»Auf der Durchreise, ja. Und ich müsste auch meine Feldflasche auffüllen«, fügte sie hinzu.

»Natürlich, Señora, überlassen Sie das nur mir. Ich kümmere mich sofort darum.«

Der Mann verschwand mit der großen Feldflasche aus Aluminium im Hinterzimmer und kehrte ohne sie zurück. Während er die gewünschten Waren zusammensuchte, sagte er:

»Mein Sohn füllt die Flasche und wird sie gleich bringen.«

Er verpackte die wenigen Dinge, um die Doña Maru gebeten hatte, in Zeitungspapier und nahm die alte Dame, die vor der Theke stand, genauer in Augenschein.

»Was schulde ich Ihnen?«, fragte sie jetzt.

Bevor er antworten konnte, brachte ein junger Bursche mit einem verwaschenen *Star-Wars*-T-Shirt die gefüllte Feldflasche. Auf dem Rücken trug er einen abgewetzten Rucksack, auf dem der charakteristische Pilz des Videospiels *Super Mario* aufgedruckt war.

»Bitte, Señora, hier ist Ihre Wasserflasche«, sagte er höflich. Er trug eine Brille, die mit einem hautfarbenen Pflaster geflickt war. Seine Stirn war voller Pickel, sein Haar hing strähnig herunter, und sein starker Körpergeruch war nicht auf mangelnde Hygiene zurückzuführen, sondern rein hormonell bedingt.

»Danke, mein Junge«, sagte Doña Maru.

»Du hast dein Pausenbrot vergessen«, mahnte eine zierliche Frau, die jetzt den Kopf durch den Plastikperlenvorhang steckte. »Guten Tag, Señora«, fügte sie hinzu, als sie Doña Maru bemerkte. Diese gab den Gruß zurück.

»Das brauch ich nicht, ich hab eh keinen Hunger«, protestierte der Jugendliche lustlos. Die Mutter beharrte nicht darauf, denn sie kannte die Gründe, die ihr Sohn hatte, nur allzu gut. »Ich esse irgendwas, wenn ich aus der Schule zurück bin.«

»Bist du anschließend mit Rogelio verabredet, um mit ihm am Computer zu arbeiten?«

»Ja, Mama«, sagte der Junge mit einem Seitenblick auf Doña Maru.

»Oh, ich *liebe* Computer«, beeilte sich die alte Dame zu versichern und erntete ein paar überraschte Blicke. »Dank des Internets können wir sehen, wie unterschiedlich wir Menschen sind und wie wunderbar und vielfältig unsere Erde ist, finden Sie nicht?«

Der Ladenbesitzer, sein Sohn und seine Frau, die immer noch halb hinter dem Vorhang stand, starrten die alte Dame verblüfft an. Der Junge zog die Augenbrauen hoch und erklärte dann, dass er sich auf den Weg zur Schule machen würde.

»Was schulde ich Ihnen?«, fragte Doña Maru erneut an den Ladenbesitzer gewandt.

»Machen Sie sich darüber keine Gedanken. Es kommt nur selten vor, dass wir hier ›Pilgerinnen‹ Ihres

Alters empfangen dürfen. Das Frühstück geht aufs Haus«, sagte er und bemühte sich, heiter zu klingen.

Doña Maru zuckte mit den Schultern, nahm das Paket mit dem Essen, bedankte sich lächelnd und verabschiedete sich. Während sie auf die Tür zuging, stand das Ehepaar in seinem bescheidenen Geschäft und sah ihr nach. Dann blickte der Mann seine Frau an und machte eine Geste, als wolle er sagen: Was hätte ich denn tun sollen?

Doña Maru beobachtete, wie der Junge sich über den sandigen Weg entfernte. Er ging langsam und zog die Füße schwer hinter sich her, als ob er gegen seinen Willen voranschritt. Doña Maru nahm ihr Fahrrad und beschloss, ihm zu folgen. Als sie ihn eingeholt hatte, sagte sie:

»So früh am Morgen schon fleißig unterwegs, junger Mann?«

»Ich habe einen weiten Schulweg.«

»Soll ich dich ein Stück auf dem Rad mitnehmen?«

Im Gesicht des Jungen zeichnete sich ein verlegenes Lächeln ab.

»Nein, nein. Ich fahre mit dem Bus. Die Haltestelle ist ganz in der Nähe.«

»Hör mal, ich möchte mich ja nicht in Dinge einmischen, die mich nichts angehen, aber als ich vorhin in euren Laden kam, habe ich gehört, dass du deinen Eltern gesagt hast, dass du nicht in die … Gehst du denn nicht gern zur Schule?«

Der Junge dachte, dass die alte Frau sich jetzt doch in Dinge einmischte, die sie nichts angingen, aber er wollte nicht unhöflich sein.

»Möchtest du einen chilenischen Karamellkeks?«

Er lächelte wieder. Doña Maru gab ihm einen Keks, und er bedankte sich.

»Es liegt nicht daran, dass ich nicht gern in die Schule gehe. Das Problem ist, dass ›meine Klasse‹ nicht gerade scharf darauf ist, mich im Unterricht zu haben.«

»Warum sollte das so sein? Das verstehe ich nicht.«

»Deswegen«, entgegnete der Junge und zog sein T-Shirt so zurecht, dass das *Star-Wars*-Logo gut zu sehen war. »Meine Eltern sagen immer, dass ich etwas anderes anziehen soll, aber mir gefällt mein T-Shirt. Außerdem würde es nichts ändern.«

Doña Maru runzelte die Stirn.

»Ich verstehe immer noch nicht. Deine Schulkameraden mögen dich nicht, weil du dieses T-Shirt trägst?«

Der Junge nahm an, dass die Frau keine Ahnung hatte, wovon er sprach, nämlich, dass dieses T-Shirt ihn zu einem Freak machte, zu jemandem, der anders war. Außerdem waren seine Eltern arme Leute – noch ärmer als die Eltern der anderen –, er wohnte in einem winzigen Dorf, musste mit dem Bus zur Schule fahren, hatte mehr Pickel als alle anderen und sein Körpergeruch war besonders intensiv, da konnte er sich noch so oft waschen. Außerdem sah er nicht wirklich gut aus und war nicht sehr gesellig. Er war einfach nur ein etwas schüchterner Junge, der sich lieber in seine Bücher flüchtete oder vor dem Computer saß und nur wenige Freunde hatte, die so ähnlich waren wie er. So wie Rogelio, der in eine andere Schule ging und die gleichen Probleme hatte.

»Na ja, ich nehme an, dass sie mich aus vielen Gründen nicht mögen«, meinte er schließlich.

»Dann gratuliere ich dir, dass du zu deinen Vorlieben stehst. Sicher denken deine Eltern, dass es besser wäre, wenn du dich mehr anpassen würdest, aber ich finde, dass ein T-Shirt kein Grund sein sollte, jemanden nicht zu mögen.«

»Das denke ich auch«, sagte der Junge.

»Dass die Erwachsenen jungen Leuten gegenüber immer so wenig Verständnis haben! Es ist, als ob wir vergessen hätten, dass wir irgendwann genauso waren und wie wir uns gefühlt haben, stimmt's?«

»Ja, Señora.«

Der Junge schien sich etwas zu entspannen.

»Ich heiße übrigens Maru, aber alle nennen mich Doña Maru. Wahrscheinlich weil ich so alt bin.«

»Sehr erfreut, Doña Maru. Ich bin Mario.«

»Es ist mir ein Vergnügen, Mario. Weißt du was? Als Jugendliche erschreckt es uns, anders zu sein. Wir Erwachsenen hingegen haben eher Angst davor, dass wir alle gleich sind. Als ich meine Reise angetreten habe,

habe ich gesehen, wie ein Junge, beinahe noch ein Kind, verprügelt wurde. Ein starker Mann kam hinzu, um uns zu helfen. Er hat mir erzählt, dass dieser Junge immer wieder verprügelt werde, weil er anders sei.« Sie schwieg einen Moment. »Sie wollten dem Jungen eine Karte wegnehmen. So eine Karte … Wie hat er noch gesagt? *Pokémon? Pokémon* vielleicht? Weißt du, was das ist?«

Der Junge lächelte nachsichtig.

»Aber natürlich. Ich liebe *Pokémon.* Was ich dagegen überhaupt nicht mag, ist, wenn mir mein Pausenbrot weggenommen wird. Deshalb nehme ich erst gar keins mit …« Seine Miene verdüsterte sich wieder.

Doña Marus Blick wurde ernst. Sie kniff die Augen zusammen, als wollte sie sich auf diese Weise die richtigen Worte ins Bewusstsein rufen, obwohl sie wusste, dass es unangenehme Worte sein würden.

»Wir Menschen tun manchmal schlimme Dinge, um uns beliebt zu machen – für ein wenig Anerkennung oder um angesehen zu sein –, auch wenn das falsch und nur von kurzer Dauer ist. Oft denken wir nicht an die Folgen unseres Handelns oder an das, was wir anderen damit antun.«

Mario hörte aufmerksam zu.

»Wie ich eben gesagt habe, beschäftige ich mich gern mit Computern. Und vor einiger Zeit hat mir eine Freundin erklärt …« – damit meinte Maru Señora Arriaga –, »… dass viele der Videospiele, die bei jungen Leuten beliebt sind, der Filme, die ihnen gefallen, oder der Comics, die sie gern lesen, von Leuten stammen, die in ihrer Kindheit oder ihrer Jugend von anderen abgelehnt wurden. Diese Menschen waren stark genug, um daran nicht zu zerbrechen, aber nicht alle haben dieses Glück. Andere halten den Druck nicht aus, sie verlieren die Kontrolle über ihr Leben und quälen sich auf die unterschiedlichsten Arten. Wer weiß, welch wunderbare Dinge sie hätten erschaffen können, die vielleicht sogar ihren ehemaligen Peinigern gefallen hätten? Kaum zu glauben, was?!«

Mario nickte schweigend.

»Warum machen die Menschen solche Dinge? Warum lassen sie uns nicht einfach in Ruhe? Wir tun doch niemandem etwas …«, sagte er leise. Doña Maru seufzte und fuhr sich mit der Hand über die Stirn. Sie ging neben dem jungen Mann her und stützte sich schwer auf ihr Fahrrad. »Entschuldigen Sie«, sagte Mario. »Soll ich das Fahrrad vielleicht schieben?«

»Nein, nein Danke. Es ist prima so. Ich stütze mich gern darauf.« Doña Maru atmete tief durch, bevor sie weiterredete. »Also, ich glaube, es fehlt diesen Menschen an Reife. Außerdem lechzen sie nach Aufmerksamkeit und wollen sich bei anderen beliebt machen. Hass ist eine Form von Angst und auf gewisse Art ein verzweifelter Schrei nach Liebe. Manchmal machen junge Menschen solche Dummheiten. Aber auch die Erwachsenen, das kannst du mir glauben. Nur haben Jugendliche in deinem Alter kein sehr großes Selbstbewusstsein. Man stellt sich in diesem Alter so viele Fragen und grübelt ständig über sich selbst nach.«

Doña Maru schwieg einen Moment, bevor sie fortfuhr.

»Ein unsicherer Mensch, der sich minderwertig fühlt, hat eine große Leere zu füllen. Er ist wesentlich hungriger nach Leben als jemand, der stark ist und weiß, welche Rolle im Leben er spielt. Ich glaube, dass viele junge Leute kein Ziel haben und nicht so recht wissen, wo sie hinwollen, und deshalb keine Ahnung haben, ob sie am richtigen Ort angelangt sind. Sie drehen sich im Kreis. Dass es den jungen Leuten so schwerfällt, herauszufinden, was sie eigentlich wollen, liegt, wie ich befürchte, zum Teil daran, dass wir, die vor ihnen da waren, ihnen alles andere als eine heile Welt hinterlassen haben. Wahrscheinlich denken sie: Und was sollen wir mit dem ganzen Scheiß jetzt anfangen?«

Mario fiel sofort auf, dass dieser Ausdruck so gar nicht zu der höflichen Oma passte. Amüsiert zog er die Augenbrauen hoch, aber gleichzeitig war er ihr für ihre Offenheit und Direktheit dankbar.

Doña Maru hustete verlegen und hielt sich die Hand vor den Mund.

»Außerdem war es sicher nicht gerade hilfreich, dass wir euch, damit ihr es nicht so schwer habt, alles auf dem Silbertablett serviert haben. Deswegen habt ihr keine Ausdauer. Die Menschen heutzutage wollen alles auf einmal und am liebsten sofort. Und das ist natürlich nicht möglich und auch nicht empfehlenswert. Aber das ist eine andere Sache.«

Doña Maru schnaufte wegen der Hitze.

»Das klingt ja alles nicht gerade motivierend«, meinte Mario in einem schüchternen Versuch, witzig zu sein. Er hätte der alten Dame gern gesagt, dass seine Eltern ihm nicht viel hatten geben können, ihn jedoch, seit er ein kleines Kind gewesen war, zu sehr behütet hatten.

»Nun ja, wenn man es genau nimmt, hat es noch nie eine Generation gegeben, die ihren Nachfahren die Welt in einem besseren Zustand zurückgelassen hat, als sie sie vorgefunden hat. Das ist kein neues Problem. Und es hat immer die gleichen Gründe: Eitelkeit und Egoismus. Wenn wir uns wie die Bienen verhalten und alle zusammenarbeiten würden, damit das Volk überlebt, sähe die Sache anders aus. Und das ist das Ermutigende, denn niemand will doch, dass die Bienen aussterben, oder?« Mario ging auf das Spiel ein und schüttelte den Kopf. »Es ist also noch nicht zu spät, dass wir uns ändern. Dafür ist es niemals zu spät. Wir könnten von den Bienen lernen, wir könnten über uns hinauswachsen und damit anfangen, an andere zu denken. Ihr, die jungen Leute, haltet es in den Händen: wie dieses Jahrtausend am Ende aussieht. Den vorhergehenden Generationen ging es genauso, aber sie waren nicht in der Lage, das Ziel zu erreichen. Deswegen hoffe ich, dass ihr die Auserwählten seid, die mit Mut und Enthusiasmus die enorme Verantwortung annehmt, die euch zugedacht ist …«

»Und um welches Ziel handelt es sich?«, fragte Mario neugierig.

»An die zu denken, die nach euch kommen, und eine gerechtere Zukunft für alle aufzubauen. Die Zukunft gehört euch; die Erde gehört euch, aber ihr müsst das Gute auf diesem Planeten und den Planeten überhaupt hegen und pflegen. Macht etwas, was noch nie jemand getan hat: Hinterlasst die Erde in einem besseren Zustand, als ihr sie vorgefunden habt. Außerdem müsst ihr begreifen, dass es gut ist, wenn nicht alles gleich ist, dass Unterschiedlichkeit ein Vorteil ist. Dass es nicht von Bedeutung ist, wie die anderen sind, dass mit gegenseitigem Respekt alle zusammenleben können. Ihr müsst aufhören, euch immer auf euch selbst zu konzentrieren, und verstehen, dass wir uns gegenseitig brauchen. Alles und alle sind miteinander verbunden, und das nicht nur durch das Internet und diese Smartphones, die ihr alle habt. Sondern auch im ganzen Universum. Wie die Bienen und die Blumen, wie der Mond und die Gezeiten. Wir alle sind Teil eines Großen Plans. Und wenn ein Teil fehlt, geht das Ganze zugrunde.«

»Und worin besteht dieser Große Plan?«

Doña Maru lächelte liebevoll.

»Das ganze Leben besteht darin, das zu entdecken. Wenn du versuchst, diese Frage zu beantworten, entfernst du dich davon, wenn du jedoch lebst und den Plan vergisst, dann erfüllst du ihn.«

Mario war anzusehen, dass er kein Wort verstand.

»Ich weiß, dass sich das ziemlich kompliziert anhört, aber ich bin mir sicher, dass du es eines Tages begreifen wirst.«

Ohne es zu merken, waren sie bei der Haltestelle angelangt.

»Der Bus müsste gleich kommen«, sagte der Junge, und ein kurzes Schweigen stellte sich ein. »Sie haben eben erzählt, dass Sie eine Reise machen«, sagte Mario dann. »Wohin sind Sie denn unterwegs?«

Und so erzählte Doña Maru ihm ihre Geschichte und dass sie auf dem Weg nach Veracruz war, um ihren Enkel Elmer zu finden.

»Was Sie da erzählt haben, passt zu der Biografie eines berühmten Straßenkünstlers, den jedoch niemand persönlich kennt. Das alles ist ziemlich mysteriös, aber es heißt, dass dieser Künstler überall in Veracruz Bilder hinterlässt, die Botschaften voller Hoffnung enthalten. Elmer, Santiago, Waisenhaus … Das sind genau die Elemente, die in einem seiner bekanntesten Bilder vorkommen. Schade, dass ich kein Smartphone habe, sonst könnte ich es Ihnen zeigen«, schloss er bedauernd.

Doña Maru hörte mit geschlossenen Augen und einem Lächeln auf dem Gesicht zu.

»Das ist nicht nötig«, sagte sie. »Ich kann es mir genau vorstellen.« Vorsichtig öffnete sie die Augen wieder. »Vielen Dank, Mario. Deine Worte sind sehr ermutigend für mich. Ich bin sicher, dass sich unsere Wege früher oder später noch einmal kreuzen werden. Bis dahin danke ich dir aus tiefstem Herzen.«

»Und ich danke Ihnen. Es war ein Vergnügen, sich mit einer so weisen Frau zu unterhalten.«

»Ich bin nicht weise, mein Junge, ich bin nur alt.« Beide lächelten. »Und darum gebe ich dir noch einen letzten Rat: Halte durch. Diese Phase deines Lebens wird kürzer sein, als du denkst, und in der Zukunft wirst du dich an viele gute Dinge zurückerinnern, die du jetzt vielleicht noch nicht sehen kannst. Bleib, wer du bist, mit diesem ›furchtbaren‹ T-Shirt, und werde nicht so, wie die anderen es von dir wollen. Denk immer daran, dass in ein paar Jahren die, die dich jetzt nicht akzeptieren, vielleicht alles tun werden, um wie du zu sein.« Doña Maru hielt sich die Hände vor die Stirn und blickte in den Himmel. »Und vergiss vor allem eines nicht: Die Welt gehört dir. Sorge dafür, dass sie für alle ein besserer Ort wird, für die, die auf ihr leben, und für die, die noch kommen werden. Das erreichst du schon mit kleinen freundlichen Gesten. Mehr brauchst du gar nicht zu tun. Das ist im Moment die einzige Verantwortung, die du hast. Dir bleibt noch genug Zeit, um den Großen Plan zu erkennen. Es ist nicht nötig, dass du jetzt gleich danach suchst: Der Große Plan wird dich im richtigen Moment finden.«

Mario nickte nachdenklich und verabschiedete sich, während Doña Maru auf ihr Fahrrad stieg und mit Schwung anfuhr.

Weitere Jungen und Mädchen kamen zu der Haltestelle, und Mario begrüßte sie freundlich, während die alte Frau in einer Staubwolke verschwand.

7

Kann ein Einhorn einem den Schlaf rauben? Die Zukunft liegt noch vor uns.

Was ist also die Zeit? Wenn mich niemand darüber fragt,
so weiß ich es; wenn ich es aber jemandem
auf seine Frage erklären möchte, so weiß ich es nicht.
AURELIUS AUGUSTINUS

Die Zeit. Sie ist zweifellos eine seltsame Angelegenheit. Im antiken Griechenland gab es, um das Thema irgendwie zu veranschaulichen drei Götter: Kronos – der unserer Auffassung von der *chronologischen* Zeit am nächsten kommt –, Äon – der die Ewigkeit oder die ewige Wiederkehr verkörpert – und eine dritte Gottheit, in Wahrheit ein eher niederer Gott, den man als den »rechten Zeitpunkt« oder die »Gelegenheit« bezeichnen könnte – den richtigen oder passenden Moment also. Tatsächlich handelt es sich um einen Zeitpunkt außerhalb der Zeit. Und dieser wurde Kairos genannt.

Weitestgehend ist dieser Zeitpunkt – mehr als jedes andere Zeitverständnis – subjektiv, ein subjektives

Erleben, das manchmal gegen das Zeitgefühl verstößt. Natürlich kann es im kosmischen Sinne einen solchen Kairos geben, aber wie können wir ihn ergründen und wie sollten wir mit ihm umgehen?

Jeder von uns trägt den passenden Moment in sich, und unser Herz weiß ganz genau, wann die Zeit gekommen ist, zur Tat zu schreiten.

Es erfordert nur ein wenig Aufmerksamkeit.

* * *

Während Doña Maru in die Pedale trat, dachte sie hin und wieder an die Bienen, denen jeglicher Egoismus abging und die zum allgemeinen Wohl mit dem Rest des Bienenstocks zusammenarbeiteten. Tatsächlich hing sogar das Überleben der Art von dieser gemeinsamen Arbeit ab.

Und wenn eine Biene in der Gesamtheit sich selbst vergaß? Wurde sie so nicht zu einer Sklavin ohne jede Identität? Wo blieb dann ihre Fähigkeit zu wählen, ihre Freiheit?

Die Natur erlegt ihren Kreaturen keinen ethischen Kodex auf – sie werden von ihren Instinkten gesteuert –, sodass es nichts gibt, was eine Biene davon abhält, sich von ihrem Stock zu entfernen (was sie hin und wieder tut) oder sich irgendwo im unendlichen Universum zu verlieren. Doch die Bienen haben – genau wie andere Spezies – im Laufe von vielen Jahren der Evolution gelernt, dass ihre Möglichkeiten zu überleben beträchtlich ansteigen, wenn sie zusammenarbeiten, wenn sie sich selbst vergessen und ihr Ego außer Acht lassen; wenn sie verstehen, dass niemand in sich selbst und für sich selbst existiert. Wobei den Bienen dies zweifellos nicht bewusst ist, wozu auch nicht die Notwendigkeit besteht.

Auch Doña Maru dachte nicht weiter über diese Dinge nach und beschränkte sich darauf, zu lächeln, Fahrrad zu fahren und zuzulassen, dass eine Ahnung von dem, was es bedeutete zu »sein«, ihr Inneres erfüllte. »Sein« bedeutete immer auch weit jenseits der Grenzen des eigenen Körpers oder der Vorstellung zu *sein*, die man von sich selbst hatte. Wo endet der Himmel und wo beginnt die Erde? Muss die Sonne wissen, wer oder was sie ist? Nein. Und dennoch zögert sie nicht, die Erde mit ihren Strahlen zu erwärmen.

Ohne es zu bemerken, war Doña Maru am Rand der Wüste angelangt. Der rissige Asphalt der Straße führte nun durch gelblichen Sand, der sich zu beiden Seiten erstreckte. Die Luft flimmerte in der Sonne, und in der Ferne zeichnete sich immer deutlicher eine dunkle Gestalt ab. Sie irrte von einer Seite zur anderen, als wisse sie nicht, wohin sie sich wenden solle. Als sie näher kam, erkannte Doña Maru, dass es sich um einen Mann von nicht mehr als fünfunddreißig Jahren handelte. Er trug einen schwarzen Leinenanzug und ein langärmliges weißes Hemd. Die

Hitze war inzwischen unerträglich, dennoch hatte der Mann sein Jackett nicht ausgezogen.

»Guten Tag«, grüßte Doña Maru. »Ist alles in Ordnung? Kann ich Ihnen einen Schluck Wasser anbieten?«

»Nein, vielen Dank«, entgegnete der Mann.

»Das ist ein schönes Jackett«, sagte Doña Maru.

»Ja …«, murmelte der Mann und klopfte sich den Sand ab.

»Was hat Sie an diesen kargen, einsamen Ort verschlagen?«

Der Mann strich sich über den Mund, bevor er ohne Umschweife antwortete:

»Ein Betrug. Und Sie?«

»Oh, ich bin auf der Durchreise«, entgegnete Doña Maru.

»Aha.«

»Sind Sie zu Fuß hier?«

»Nein, Señora. Ich habe ein Taxi genommen, aber ich fürchte, dass man mir ganz übel mitgespielt hat. Ich bin auf einen Betrüger reingefallen.«

Da standen sich nun zwei seltsame Gestalten mitten in der Wüste gegenüber und beäugten sich neugierig unter einem orangefarbenen Himmel.

»Mögen Sie einen Karamellkeks?« Der Mann sah Doña Maru überrascht an. Abseits der Straße stand eine einzelne Yuccapalme. »Ich würde gern ein wenig ausruhen. Wollen wir uns zusammen in den Schatten dieser Palme setzen?«

»Warum nicht?«, entgegnete der Mann resigniert. »Schließlich habe ich nichts Besseres zu tun.«

Doña Maru lehnte das Fahrrad an die Palme, nahm ihre Decke und breitete sie mit der Hilfe des Mannes auf dem Boden aus.

»Sie haben gesagt, man hat Sie reingelegt?«

»Sieht ganz so aus.« Der Mann im Anzug nahm sein Handy aus der Innentasche seines Jacketts, suchte etwas und hielt es der alten Frau hin. Es war ein Screenshot, auf dem man den Inhalt eines Tweets sehen konnte.

»Es tut mir sehr leid, aber ich kann nicht lesen.«

Der Mann wischte sich stöhnend den Schweiß von der Stirn und nickte.

»Ich heiße Tobías Lobo, ich bin Schriftsteller und komme aus Spanien.«

»Oh, das ist wirklich schade. Es ist das erste Mal, dass ich einen echten Schriftsteller kennenlerne, und nun kann ich nicht mal lesen. Ich hoffe, Sie können mir verzeihen.«

»Keine Sorge«, sagte der Mann mit einem traurigen Lächeln. »In meiner Heimat bin ich ein sehr bekannter Schriftsteller.«

»Was ist dann das Problem?«

»Das Problem hat etwa vor einem Monat begonnen. Ich habe über die sozialen Netzwerke eine Einladung erhalten. Wissen Sie überhaupt, wovon ich spreche? Kennen Sie das Internet?«

»Natürlich«, entgegnete Doña Maru. »So alt bin ich dann auch wieder nicht.«

Der Schriftsteller lächelte – diesmal ein wenig fröhlicher.

»Gut. Ich habe also über die sozialen Netzwerke eine Einladung erhalten – hier, mitten in der Wüste, sollte ich das Zugpferd für ein neues, außergewöhnliches Literaturfestival sein. Es sollte sich um ein nie dagewesenes, spektakuläres Unternehmen handeln, von dem die ganze Welt sprechen und über das jede Menge geschrieben werden würde, also jedenfalls auf Twitter. Es hat sich sogar jemand die Mühe gemacht, eine Webseite zu erstellen, um die Sache echt erscheinen zu lassen. Jedenfalls habe ich den Köder geschluckt, habe zugesagt und sogar angeboten, meinen Flug selbst zu bezahlen! Ich weiß jetzt, dass das eine Riesendummheit war, aber ich bin nun mal ein spontaner Mensch.«

Doña Maru nahm zwei Karamellkekse aus ihrem Korb und gab Tobías einen, ohne noch einmal zu fragen, ob er überhaupt einen wollte. Er griff beherzt zu.

»Tatsache ist«, fuhr er fort, »dass ich am Ende feststellen musste, dass das Ganze ein riesengroßer Schwindel war. Ein schlechter Scherz von jemandem, der mich wie so viele andere hasst, weil ich Erfolg habe. Kurz bevor ich in der Wüste angekommen bin, habe ich das auf Twitter gepostet. Daraufhin hat mir eine mitleidige Seele die Nachricht des Urhebers dieses schlechten

Scherzes geschickt. Darin befand sich neben dem Text ein Foto dieses Ortes, wie er tatsächlich aussieht. Der Verfasser des Tweets hat sich, der Nachricht nach zu urteilen, köstlich amüsiert. Er hat sich über mich lustig gemacht und über das, was mich hier tatsächlich erwarten würde! Es ist nicht das erste Mal, dass dieser Typ eine solche Nachricht im Netz veröffentlicht hat. Und es gibt genug Leute, die solch schlechte Scherze offenbar ganz toll finden. Sie denken wohl, dass das die gerechte Strafe für meine Eitelkeit ist. Und vielleicht haben sie sogar recht: Ich war eitel und überheblich, und vielleicht bin ich immer so. Ein eingebildeter Schnösel, der den anderen immerzu demonstrieren muss, dass er intelligenter ist als sie …«

Doña Maru sagte gar nichts. Sie nahm einen kleinen Bissen von ihrem Karamellkeks und überließ sich ihren Gedanken, jenen Gedanken, die ihr nur noch selten kamen. Sie starrte in die Ferne und schien hinter den Horizont zu blicken, wo der Himmel und die Erde sich in einer unscharfen, unablässig zitternden Linie vereinten.

»Ich habe gehört, dass die Dinge im Internet oft nicht so sind, wie sie scheinen. Sozusagen mehr Schein als Sein sind.«

»Ja, genau wie in Platons Höhle«, versuchte der Schriftsteller sich in einem Scherz.

»Platon?«

»Ach, vergessen Sie's!«

»Manchmal verwechseln wir Fantasie und Realität. Immer öfter sogar. Und am Ende werden wir nicht mehr wissen, was was ist.« Doña Maru schwieg für einen Moment. »Es tut mir sehr leid, dass Sie hier gelandet sind.«

»Halb so schlimm«, sagte der Schriftsteller in dem Versuch, sich selbst aufzumuntern. »Vielleicht ist diese Erfahrung gar nicht so schlecht. Außerdem brauche ich dringend Inspiration für meinen nächsten Roman. In letzter Zeit fällt mir überhaupt nichts Brauchbares mehr ein.«

»Das muss furchtbar sein – ein Schriftsteller ohne Ideen. Was schreiben Sie denn so, wenn ich fragen darf?«

»Abenteuerromane.«

»Das heißt, dass es keine Abenteuer mehr gibt, von denen Sie erzählen könnten?«

»Das Problem ist eher, dass ich nicht so recht weiß, ob ich weiterhin diese Art von Bücher schreiben möchte.«

»Warum machen Sie es dann?«

»Weil man es von mir erwartet. Außerdem verdiene ich damit gutes Geld. Was wäre, wenn ich das Genre wechsle und keiner mehr meine Bücher kauft?«

»Was wäre, wenn Sie weiterschreiben und man Sie erneut in die Wüste schickt?« Doña Maru lachte übermütig. Tobías Lobo verstand nicht sofort, dann lachte er auch.

»Da haben Sie recht.«

»Was wollten Sie werden, als Sie ein Kind waren? Erinnern Sie sich noch daran?«

»Ich erinnere mich nur, dass ich andere gern zum Lachen gebracht habe.«

»Na, das ist Ihnen gelungen. Sie sehen sehr komisch aus mit diesem feinen Anzug mitten in der Wüste.«

Tobías zog sein Jackett aus und legte es auf die Decke. Ihm war gerade klar geworden, dass die Tatsache, an einem so heißen Ort ein Jackett zu tragen, ein Zeichen seiner Trägheit und des Automatismus war, die er im Leben an den Tag legte: Er machte meistens das, was man von ihm erwartete, ohne sich die Zeit zu nehmen, darüber nachzudenken, ob es auch wirklich das war, was er wollte oder brauchte.

»Meine Eltern hatten nicht viel Geld, wissen Sie«, fuhr er, den Blick auf den Horizont gerichtet, fort, »aber sie haben es immer möglich gemacht, dass wir im Sommer ein paar Tage am Strand oder an einem Ort, wo es wenigstens ein Schwimmbad gab, verbracht haben. Deshalb weckt Chlorgeruch bei mir immer angenehme Erinnerungen.« Er lächelte nachdenklich.

Doña Maru verstand ohne weitere Erklärungen, warum Tobías Lobo diese Erinnerung mit ihr teilte. Obwohl sie viel zu schnell hatte erwachsen werden müssen, wusste sie, dass die Kindheit eine Zeit war, die jeden Menschen zutiefst prägte – nicht nur, weil man noch jung und aufnahmefähig war, sondern auch, weil einem eine Welt voller Möglichkeiten und Träume offenstand, die auf ihre Erfüllung warteten. Während der Kindheit und der Jugend ist alles neu und grenzenlos. Die Sehnsucht, die manche Menschen später verspüren, hat viel damit zu tun, dass es damals für sie noch keine erstickenden Verpflichtungen und Sorgen gab und dass die Zukunft noch unbestimmt und vollkommen offen vor ihnen lag. Sie war auch noch nicht jene Mogelpackung, als die sich das Leben herausstellt, je älter man wird: Verpflichtungen, jede Menge Vorurteile, unterschiedliche Bedürfnisse, isolierende Überzeugungen, die Kinder, die Familie, der Job, Hypotheken, Geld, Enttäuschungen … Wie kann man all dem entfliehen? Wie kann man sich die Freiheit und seine Unbekümmertheit bewahren, wenn auf die eine oder andere Art die Welt ständig etwas von uns erwartet, während wir uns selbst jede Menge Verpflichtungen aufgeladen und ein Bild von uns erzeugt haben, dessen wir uns nun nicht mehr entledigen können? Wie sollte man da nicht zu dem Schluss kommen, dass das Leben uns ein X für ein U vorgemacht hat?

Doña Maru wusste, dass die Antwort nicht in der manchmal etwas sentimentalen Rückkehr in eine längst nicht mehr existierende Vergangenheit liegen konnte, sondern darin, seine Zeit zu nutzen, um sich mit voller Aufmerksamkeit der Gegenwart zu widmen – jedem einzelnen Moment – und sich von irgendwelchen verfälschten Vorstellungen zu lösen, mochten diese nun in der Vergangenheit oder in der Zukunft liegen. Besser war es, keine Sehnsüchte zu pflegen, die auf Vergangenes oder Zukünftiges ausgerichtet waren, keine Begehrlichkeiten, aber auch keine Sorgen. Lediglich einen konstanten Energiefluss in der gegenwärtigen Zeit. Nur ein mit Freude und Enthusiasmus erlebtes Abenteuer, aber ohne das Gefühl, dass es sich stets um etwas äußerst Persönliches handelt; ohne Dramen oder unrealistische Erwartungen, sondern eigentlich eher so wie der Gesang eines Vogels oder das Miauen einer Katze.

»Ich bin kurz vor meinem dreizehnten Geburtstag aus dem Waisenhaus weggelaufen«, erzählte Doña Maru. »Damals habe ich ein Foto gesehen, eins von diesen Gruppenfotos, auf denen die ganze Klasse zusammen mit ihren Lehrerinnen posiert. Ich weiß nicht, wie alt ich auf dem Bild gewesen bin, aber ich erinnere mich noch genau an dieses seltsame Gefühl, das ich damals hatte. Ich wusste natürlich, dass das Kind auf dem Foto ich war, dennoch fiel es mir schwer, mich selbst wiederzuerkennen. Ich war durchaus in der Lage, die körperliche Ähnlichkeit wahrzunehmen, aber ich hatte Schwierigkeiten, dieses Foto als mein Abbild zu betrachten. War das wirklich ich? Steckte ich noch in derselben Haut? Konnte ich mich wirklich an das erinnern, was ich damals gedacht und gefühlt hatte? Konnte ich mit Sicherheit sagen, dass meine Gedanken und Gefühle in jener Zeit die gleichen wie in der Gegenwart waren? Wie ich eben gesagt habe, war ich damals noch keine dreizehn Jahre alt. Stellen Sie sich mal vor, was ich empfinden würde, wenn ich dieses Foto jetzt noch einmal sehen würde …«

»Fotos, ja. Sie versuchen die Wirklichkeit festzuhalten, aber die Wirklichkeit entflieht.«

»Man kann die Veränderung nicht festhalten, aber wir versuchen es immer wieder. Sooft wir auch denken, dass wir dieselbe Person sind, sind wir doch nichts als Veränderung.«

»Ich nehme an, dass es eine Frage des Egos ist, das Gegenteil anzunehmen.«

»Eine Frage von wem?«, erkundigte sich Doña Maru.

Der Schriftsteller antwortete nicht, und Doña Maru lächelte nachdenklich.

»Wir verbringen unser halbes Leben damit, Etiketten zu erfinden oder zu suchen, die uns ein falsches Gefühl von Identität oder Zugehörigkeit vermitteln, und die andere Hälfte verbringen wir dann damit, diese Etiketten wieder loszuwerden.«

»Oder damit, unter den Grenzen zu leiden, die wir uns selbst gesetzt haben«, fügte der Schriftsteller hinzu.

»Ohne uns daran zu erinnern, dass wir es waren, die sie erschaffen haben. Denn die einzigen Grenzen, die es gibt, befinden sich in unserem Bewusstsein.

Dabei ist ›der Käfig‹ in Wirklichkeit immer geöffnet. Man muss nur die Tür aufmachen.«

Nach und nach wurde es unter vielen gewechselten Worten und gemeinsamem Schweigen Abend, und schließlich brach die Nacht herein.

»Kann ein Einhorn uns den Schlaf rauben?«, fragte Doña Maru, während sie die Sterne am Himmel betrachtete.

»Wie bitte?«, entgegnete der Schriftsteller, der nicht verstand, wovon Doña Maru sprach.

»Es gibt keine Einhörner, sodass sie uns weder den Schlaf noch etwas anderes rauben können. Mit der Vergangenheit und der Zukunft ist es das Gleiche: Das eine ist bereits vorbei, und das andere ist noch nicht da. Dennoch leiden wir im Gedanken an das eine und das andere. Oder besser gesagt: Wir fühlen uns schuldig oder fürchten uns. Was mich angeht, bin ich zu dem Schluss gekommen, dass die Vergangenheit eine Illusion ist. Die Zukunft hat noch nicht stattgefunden. Nur die Gegenwart ist real.«

Das himmelblaue Fahrrad lehnte noch immer an der Yucca-Palme. Doña Maru und Tobías hatten sich auf die Decke gelegt. Hier, mitten in der Wüste, gab es weder Wolken, noch Häuser oder Lichter, die den Blick auf die Sterne erschwerten.

»Sehen Sie diese Sterne?«, fragte Doña Maru.

»Natürlich. Sie sind wunderschön und leuchten so hell, wie ich es noch nie in meinem Leben gesehen habe. In der Stadt, in der ich wohne, kann man die Sterne so nicht sehen.«

»Das liegt daran, dass es hier nichts gibt, was die Sicht verdeckt.«

Der Schriftsteller lag auf dem Rücken und kaute an einem trockenen Halm, den er aus dem Gestrüpp gerupft hatte.

»Als ich noch ein Kind war«, fuhr Doña Maru fort, »habe ich gern dieses Spiel gespielt, bei dem man nummerierte Punkte verbindet, damit am Ende ein Bild entsteht.«

»Das habe ich auch immer gern gemacht«, entgegnete der Schriftsteller mit einem sehnsüchtigen Lächeln.

»Diese Sterne sind wie die Punkte auf dem Papier. Wenn man sie richtig verbindet, entsteht ein Bild.«

»Und was für ein Bild ist das?«, fragte der Schriftsteller.

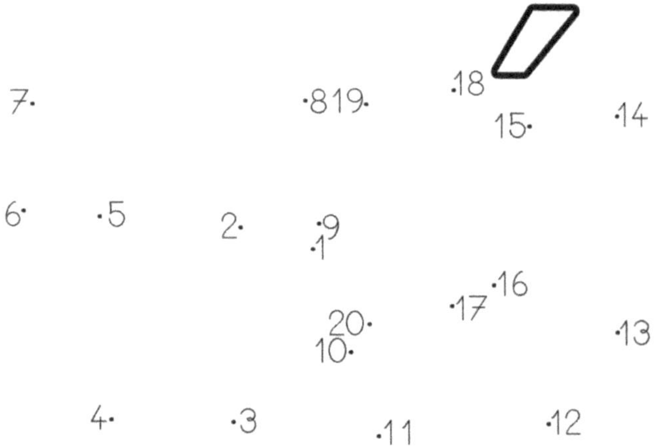

Doña Maru schwieg einen Moment, bevor sie antwortete.

»Jeder von uns sieht etwas anderes, weil die Welt um uns herum in Wahrheit ein Abbild dessen ist, was wir glauben, denken und tun. Aber um Ihre Frage zu beantworten, würde ich sagen, dass es das Bild ist, das Sie selbst als Kind gemalt haben, ein Bild dessen, was Sie in Wirklichkeit sind, aber vergessen haben, als Sie der Kindheit entwachsen sind – wie es fast alle Erwachsenen tun. Und deshalb sind Sie – wie ebenfalls fast alle Erwachsenen – manchmal so traurig: Weil sie vergessen haben, wer Sie in Wirklichkeit sind. Und weil man sich in seiner tiefsten Seele nach sich selbst sehnt.«

Dem Schriftsteller kamen die Tränen.

»Grämen Sie sich nicht«, tröstete ihn Doña Maru. »Dieser Mensch, der Sie in Wahrheit sind, wird immer auf Sie warten, denn er befindet sich jenseits der Zeit und wird Sie niemals verlassen. Sie müssen ihn nur rufen und zur Rückkehr auffordern.«

»Was meinen Sie? Ich fürchte, ich verstehe Sie nicht«, sagte der Schriftsteller schniefend.

»Sie sind in dieser Wüste gelandet, weil Sie jemand sind, der Sie im Grunde nicht sein wollen. Vielleicht hat das Leben es in finanzieller Hinsicht gut mit Ihnen gemeint. Aber was ist mit allem anderen? Ich weiß nicht, ob Sie verheiratet sind, und auch nicht, ob Sie Kinder haben, und das geht mich auch gar nichts an. Aber ich weiß, dass Sie nicht glücklich sind, denn sonst wären Sie nicht hier.«

Tobías sah Doña Maru an und versuchte jedes ihrer Worte in sich aufzunehmen.

»Es steht nirgendwo geschrieben, dass Sie weiterhin diese Abenteuerromane schreiben müssen, wenn das, was Sie wirklich glücklich macht, ist, andere Leute zum Lachen zu bringen. Ich glaube auch nicht, dass Sie um jeden Preis nach Ruhm streben müssen. Sehen Sie nicht, dass Sie dies nur tun, weil Sie möchten, dass die anderen Sie mögen? Sehen Sie nicht, dass Sie nur nach Liebe und Anerkennung suchen, weil der Erste, der ihnen Liebe und Anerkennung geben kann und sollte, es nicht tut: Sie selbst. Kann denn das Geld das Gefühl der Leere in Ihrem Herzen lindern?«

»Ich verstehe schon, dass diese Wüste eine Metapher sein soll«, sagte Tobías. »Eine Metapher meiner eigenen Existenz.«

»Ach, ich verstehe euch Schriftsteller nicht. Ihr benutzt eine so komplizierte Sprache.«

»Nun ja, ›lindern‹ ist auch nicht gerade ein alltägliches Wort«, meinte der Mann und grinste.

»Ach das! Keine Ahnung, wo ich dieses Wort herhabe.« Doña Maru zuckte mit den Schultern.

»Sie haben mir noch gar nicht gesagt, wohin Sie eigentlich unterwegs sind. Ich habe das Gefühl, Ihnen etwas zu schulden, und es würde mich freuen, wenn ich Ihnen irgendwie helfen könnte.«

»Das ist nicht nötig. Genauso wie Sie die lange Reise von Spanien aus machen mussten, um eine Nacht in der Wüste zu verbringen, muss auch ich meine Reise allein machen. So muss es sein.«

»Aber wo fahren Sie denn hin?«

Da erklärte Doña Maru kurz den Grund ihrer Reise, einschließlich der Tatsache, dass ihr Enkel Elmer möglicherweise ein berühmter Straßenkünstler war, der im Verborgenen lebte.

»Ich kann es nicht glauben! Sie sind die Großmutter von Elmer Expósito?«, rief der Schriftsteller überrascht.

»So sieht es aus. Kennen Sie ihn etwa?«

»Nun ja, nicht persönlich. Tatsächlich weiß niemand, wie er aussieht. Es gibt keine Fotos von ihm, keine Video-Aufzeichnungen, aber sein Werk ist über die Grenzen Mexikos hinaus berühmt! Warten Sie, ich zeige Ihnen mal etwas …«

Der Schriftsteller tippte auf der Tastatur seines Handys herum. »Mist, hier ist kein WLAN. Es tut mir leid. Ich hätte Ihnen gern eins von seinen Bildern gezeigt.«

»Schon in Ordnung«, erklärte Doña Maru großzügig. »Wie ich gehört habe, kann ich ihn vielleicht in Veracruz finden. Deshalb bin ich dorthin unterwegs.«

»Sind Sie sicher, dass ich Sie nicht begleiten soll? Es wäre mir eine Ehre.« Doña Maru schüttelte den Kopf. »Schon gut, ich werde nicht darauf bestehen. Es gibt Gerüchte, dass eine Künstlerin aus den USA, die beschlossen hat, sich aus der Öffentlichkeit zurückzuziehen, und an einem unbekannten Ort in der Wüste lebt, diejenige ist, die Elmers Werk am besten kennt. Und es gibt sogar Leute, die behaupten, dass sie weiß, wer er ist.«

»Wie heißt diese Frau?«

»Hope Deren.«

»Und wo genau hält sie sich auf?«

»Das weiß niemand so genau.«

»Macht nichts. Ich werde sie schon finden«, meinte Doña Maru zuversichtlich. Sie gähnte hinter vorgehaltener Hand und sagte, dass sie allmählich müde sei. »Morgen steht uns beiden ein langer Tag bevor.«

»Ja, in der Tat. Gute Nacht, Doña Maru.«

»Gute Nacht, Tobías Lobo.«

Wenige Minuten später schloss die alte Frau die Augen und fiel in einen tiefen Schlaf, um ihren müden Gliedern Erholung zu verschaffen.

8

Ein Fuß auf dem Boden, eine Hand im Himmel

Auf die Beschaffenheit des Tages selbst zu wirken, das ist die höchste Kunst.

HENRY DAVID THOREAU

Am nächsten Morgen wachten Doña Maru und der Schriftsteller zeitig auf. Es war an der Zeit, sich Lebewohl zu sagen. Wie am Tag zuvor standen sie sich gegenüber, vor einem Himmel, der sich langsam orangerot verfärbte, doch diesmal umarmten sie sich herzlich. Tobías Lobo würde an den Rand der Wüste zurückgehen und sich ein Taxi rufen, und Doña Maru würde die Reise auf ihrem himmelblauen Fahrrad fortsetzen. Die Wollstrümpfe, die sie trotz der hohen Temperaturen trug, saßen perfekt, was die alte Dame außerordentlich freute.

Bevor sie aufbrach, bedankte sich Doña Maru noch einmal für den Hinweis auf Hope Deren, den ihr der Schriftsteller gegeben hatte, und riet ihm, ein bisschen in sich hineinzuhorchen. Dann würde er die Antworten auf seine Fragen schon finden. Denn wenn man mit der nötigen Aufmerksamkeit und angemessenem Wohlwollen einen Blick in sein Innerstes wagt, hebt sich der Schleier und man erkennt den richtigen Weg. Und plötzlich scheint auch die Welt, die einen umgibt, verändert.

Das ist so ähnlich, wie wenn jemand ein Gipsbein bekommt und ihm plötzlich auffällt, dass viele andere um ihn herum auch einen Gips tragen. Hat sich die Welt plötzlich verwandelt? Haben sich die Leute mit einem eingegipsten Bein auf wunderbare Weise vermehrt? Nein, nur der Blick der betreffenden Menschen hat sich verändert und wendet seine Aufmerksamkeit anderen Dingen zu.

Und das überträgt sich auf alles andere.

* * *

»Der richtige Weg fällt einem nicht einfach so ein, und niemand kann einem da wirklich raten. Man spürt ihn einfach«, sagte Doña Maru, bevor sie sich selbst auf den Weg machte.

Ein grünes Blatt, das Geräusch des Regens, der auf die Erde fällt, der Duft des Grases, das Lächeln eines geliebten Menschen. All das, was man sah, roch, in sich aufnahm wie zum ersten Mal; wie ein Kind, das eine Zitrone oder eine Erdbeere probiert oder zum ersten Mal die Füße in kaltes Meerwasser taucht. Das war für Doña Maru das wahre Leben, und nichts anderes.

Das Unsagbare.

* * *

Der Weg durch die Wüste erstreckte sich monoton und flach bis zum Horizont. Gelb und bräunlich mit grünen Einsprengseln hier und da und der glühenden Hitze zu beiden Seiten. Doña Maru trat langsam, aber entschlossen in die Pedale.

Nach einer Weile zeichnete sich zwischen dem Blau des Himmels und dem goldfarbenen Boden etwas ab, das in der Luft zu schweben schien. Als Doña Maru näher kam, konnte sie ein metallisches Gerüst erkennen, an dem ein glänzender roter Stoff hing, der leicht und elegant im Wind wehte. Es war ein derart außergewöhnliches und auffälliges Gebilde inmitten der vollkommen flachen Umgebung, dass Doña Maru befand, dass sich ein genauerer Blick lohnen könnte.

Sie stieg ab und betrachtete mit schief gelegtem Kopf das seltsame Metallgebilde und den blutroten Stoff, der darüber gespannt war, dann schaute sie zu dem verwitterten Holzhaus, das daneben stand und an das sich eine Scheune anschloss. Ein paar Kakteen und sehr viel rostiges Metall auf der Erde, umgeben von einem alten, wackligen Zaun, und drum herum nur Sand und Wüste. Doña Maru ging vorsichtig an dem Zaun entlang, wobei sie sich auf ihr Fahrrad stützte. Das Haus wirkte verlassen, was sie nicht verwundert hätte, wenn der rote Stoff nicht so neu und sauber gewesen wäre.

Im Schatten des wie ein Baldachin gespannten Stoffs lagen ein paar Matten, die ziemlich weich zu sein schienen und für den kargen Boden nicht wirklich geeignet waren, der viel dickere und besser gepolsterte Matratzen erfordert hätte.

Doña Maru hatte inzwischen die Stelle im Zaun erreicht, wo ein großes Tor den Zugang zu dieser verlassenen Ranch ermöglichte. Es war verschlossen, und es gab keine Klingel. Das umzäunte Gelände war so groß, dass sie befürchtete, im Haus oder in der Scheune – jener unerklärlichen Scheune mitten in der mexikanischen Wüste – nicht gehört zu werden. Sie fuhr sich mit der Zunge über die trockenen Lippen, räusperte sich und rief:

»Ist jemand da, der einen chilenischen Karamellkeks möchte?«

Während sie auf eine Antwort wartete, kam ihr plötzlich in den Sinn, dass es ziemlich seltsam war, dass ihre Kekse nicht zerbrachen und die Füllung nicht schmolz, obwohl es so heiß war. Das war ein kleines Wunder, und lächelnd stellte sie fest, dass das Leben für sie hin und wieder doch noch eine schöne Überraschung bereithielt.

Sie rief erneut.

Da schlüpfte eine Gestalt aus der Scheune und nahm sich einen pistaziengrünen Kopfhörer von den Ohren. Es war eine etwa fünfundvierzigjährige Frau. Sie war groß und sehr schlank, ihre Haut war gebräunt, und sie hatte langes, leicht gelocktes dunkles Haar. Die schwarze Arbeitshose, die sie trug, war schmal, aber nicht eng anliegend, sie hatte sie fast bis auf Brusthöhe hochgezogen, und die Hosenbeine waren oberhalb der Fußknöchel aufgekrempelt. Die Frau spähte misstrauisch zu Doña Maru hinüber und blickte sich dann nach allen Seiten um. Wie es aussah, drohte keine Gefahr. Langsam näherte sie sich dem Tor.

»Was wünschen Sie, Señora?«, fragte sie mit unverkennbar amerikanischem Akzent.

»Ich wollte Ihnen einen Karamellkeks anbieten.«

Die Frau kniff die Augen zusammen.

»Einen Karamellkeks?«

»Ja. Einen chilenischen Karamellkeks, die schmecken anders als die mexikanischen.«

»Brauchen Sie vielleicht Wasser?«, fragte die Frau nun.

»Wer nicht«, entgegnete Doña Maru.

Da öffnete die Amerikanerin das Tor und bat sie einzutreten. Sie wollte ihr helfen, das Fahrrad zu schieben, doch die alte Dame winkte dankend ab.

»Was führt Sie in diese abgelegene Gegend?«, fragte die Amerikanerin, als sie ins Haus traten.

»Abgelegen von was?« Doña Maru lächelte. »Ich komme aus Oaxaca und bin auf der Durchreise.«

»Das sehe ich.«

»Darf ich fragen, wozu dieses Gerüst mit dem roten Stoff dort draußen dient?«

»Das ist ein Vertikaltuch«, erklärte die Frau mit vor der Brust verschränkten Armen. »Ich mache damit Luftakrobatik, so eine Art Tanz durch die Lüfte.«

»Das klingt zauberhaft.«

»Ja, das ist es auch. Sind Sie etwa auf diesem klapprigen Fahrrad bis hierher gekommen?«

»Ja.«

»Wenn das so ist, müssen Sie auch eine gute Akrobatin sein – vielleicht könnte ich Ihnen ein paar Übungen beibringen«, scherzte die Frau.

»Das wäre wunderbar, wobei die Wollstrümpfe dabei ein wenig hinderlich sein könnten.«

Das Innere des Hauses war spärlich möbliert. Ein Sofa, ein Tisch, auf dem ein Laptop stand. Eine Kamera. Zwei Stühle. Ein Kühlschrank, ein Ofen und eine Spüle. Ein paar Regale mit Lebensmitteln. Durch eine halb angelehnte Tür war ein Bett zu sehen. Ein Schrank. Ein Stapel Bücher auf dem Boden. Die Wände dagegen waren liebevoll mit Gemälden und Fotografien geschmückt.

»Möchten Sie einen Kaffee?«

»Sehr gern.«

Während die Amerikanerin zum Herd hinüberging, zündete sie sich eine Zigarette an.

»Stört es Sie, wenn ich rauche?«

»Nein«, sagte Doña Maru. »In meinem Alter stört einen beinahe nichts mehr, außer der eigene Körper hin und wieder.«

Die Frau nickte und nahm einen tiefen Zug.

»Ich heiße übrigens Hope«, sagte sie.

»Ja, das dachte ich mir«, entgegnete Doña Maru, woraufhin die Amerikanerin sie verblüfft ansah. »Wissen Sie, ich bin auf der Suche nach meinem Enkelsohn Elmer Expósito. Jemand hat mir von Ihnen erzählt und gemeint, dass Sie vielleicht wissen, wo ich ihn finden kann. Er hat mir Ihren Namen genannt, und da war mir klar, dass ich Sie finden würde.«

Man sah Hope an, dass sei nicht so recht wusste, was sie davon halten sollte.

»Hat derjenige Ihnen denn gesagt, wo Sie mich finden können?«

»Nein. Er hat mir gesagt, dass niemand weiß, wo Sie sich aufhalten. Aber ich war mir sicher, dass ich Ihnen früher oder später begegnen würde.«

Der Kaffeekocher begann zu blubbern. Hope nahm ihn vom Herd und zog noch einmal an ihrer Zigarette. Die Asche schnippte sie in die Spüle.

»Kennen Sie Elmer denn?«, fragte sie dann.

»Nein, leider nicht. Obwohl ich seine Großmutter bin.«

»Aber das ist …«

»Unmöglich? Ich habe erst vor Kurzem erfahren, dass ich überhaupt einen Enkel habe, und ich möchte ihn gern kennenlernen, bevor La Catrina beschließt, mich ins Reich der Toten zu holen.«

Hope servierte ihrer Besucherin den Kaffee und schwieg.

»Ich kannte seine Mutter«, sagte sie schließlich. »Ich bin vor einer Weile hierhergekommen. Und Elmers Mutter ist zur gleichen Zeit in die USA geflohen. Vor, na ja …« Sie stockte.

»Ich weiß: vor meinem Sohn Santiago; er war Alkoholiker und hatte Drogenprobleme.«

»Es ging ihr damals nicht besonders gut. Wir haben uns in einem Gasthaus kennengelernt, das auf der Hälfte des Wegs lag. Wir waren die einzigen Frauen dort und haben zusammen etwas getrunken. Nach ein paar Gläsern hat sie mir ihre Geschichte erzählt. Auch dass sie einen Sohn hat, Elmer, den sie bei seinem Vater Santiago zurückgelassen hatte. Erst Jahre später habe ich zufällig herausgefunden, dass der berühmte Elmer Expósito ebendieser Junge war. Wenn man die Geschichte dieser unglücklichen Frau, an deren Namen ich mich nicht mehr erinnere, mit seinen Werken in Zusammenhang bringt, sieht man das ganz deutlich.«

»Es macht mich traurig, dass diese arme Frau vor meinem Sohn fliehen musste.«

»Grämen Sie sich nicht«, meinte Hope, bevor sie einen Schluck Kaffee trank. »Sie war nicht viel besser. Und außerdem: Was soll das für eine Mutter sein, die ihr Kind zurücklässt?«

Doña Maru musste an Esmeralda denken, die junge Frau mit dem Baby, der sie begegnet war, an ihre eigene Mutter, an die sie sich überhaupt nicht mehr erinnern konnte, und ein nachsichtiges Lächeln huschte über ihr Gesicht. Hope erschien das Lächeln der alten Frau irgendwie unpassend, aber sie schenkte dem weiter keine Bedeutung und fragte nicht nach.

»Es tut mir leid, dass ich Sie eben nicht herzlicher empfangen habe«, sagte sie stattdessen. »Es ist lange her, dass ich mit anderen Menschen zusammen war, und ich nehme an, dass ich nicht mehr so ganz gesellschaftsfähig bin.«

»Ist schon in Ordnung. Erzählen Sie mir lieber von Elmer. Sie sagen, Sie kennen ihn?«

»Nicht persönlich.«

Doña Maru ließ enttäuscht den Kopf hängen.

»Ist schon in Ordnung«, sagte sie noch einmal.

»Ich habe die Graffiti-Werke Ihres Enkels genau studiert, das können Sie mir glauben. Sie befinden sich in Veracruz an vielen Stellen in der Stadt, und alles weist darauf hin, dass er noch immer dort lebt.«

Doña Maru schöpfte neue Hoffnung. Bisher hatten alle Hinweise sie in die richtige Richtung gelenkt, und trotz ihrer Enttäuschung darüber, dass Hope Deren ihr nicht, wie erhofft, etwas über den Aufenthaltsort ihres Enkels sagen konnte, durfte sie nicht die Zuversicht verlieren. Denn der Himmel überließ die

Menschen, die reinen Herzens waren, nicht einfach ihrem Schicksal.

Dabei war Doña Maru durchaus bewusst, dass sie den Weg nicht allein finden konnte. Und dass das, was sie anderen Menschen geben konnte, genauso wichtig war wie das, was sie bekam.

»Was hat Sie denn eigentlich dazu gebracht, in dieser Wüste zu leben?«, fragte sie ihre Gastgeberin.

»Ich wollte mich selbst finden, meine eigene Stimme hören«, antwortete Hope. »In meiner Heimat war ich eine sehr bekannte Künstlerin. Jeden Tag musste ich an irgendeiner Veranstaltung teilnehmen, und die Presse hat mich nicht in Ruhe gelassen … Irgendwann ist mir all das zu viel geworden.«

»Ich dachte, dass ihr Künstler euch freut, wenn man über eure Arbeit spricht.«

Hope zeigte den Ansatz eines traurigen Lächelns. Über ihr Gesicht legte sich ein sehnsuchtsvoller Ausdruck, als ob ihr die Entscheidung, sich von der Welt zurückzuziehen, leidtäte. Als ob sie es bereute. Als ob die Dinge nicht so verlaufen wären, wie sie es sich vorgestellt hatte.

»Im Allgemeinen ist das wohl auch so«, sagte sie nur.

»Haben Sie Ihre Arbeit denn ganz eingestellt?«

»Nein. Ein Künstler kann niemals aufhören zu arbeiten. Die Kunst ist nicht irgendein Beruf. Es ist mehr, ich würde sagen, es ist eine absolute Berufung, eine Lebensweise sogar. Ein Künstler kann nicht leben, ohne etwas zu erschaffen, genauso wie er nicht leben kann, ohne zu atmen. Der einzige Unterschied ist, dass ich meine Werke nun im Internet und in den sozialen Netzwerken zeige und mein Privatleben schütze.«

Doña Maru dachte wieder einmal, wie wichtig die virtuelle Welt für die junge Generation doch war.

»Und dieser Stoff dort draußen – gehört der auch zu den Werken, die Sie im Internet zeigen?«

»Nein«, antwortete die Künstlerin mit neu erwachtem Enthusiasmus. »Ich habe im Netz ein paar Filme über Tuch-Akrobatik gesehen, und es erschien mir interessant. Als ich hergezogen bin, habe ich beschlossen, das Gestell, das Sie draußen gesehen haben, zu bauen und das Tuch dort aufzuhängen. Sie scheinen sehr interessiert an der Sache. Möchten Sie sehen, wie es geht?«

»Natürlich«, entgegnete Doña Maru erfreut. »Aber erst nach einem Karamellkeks.« Sie bot Hope eines der süßen Plätzchen an, die es gern entgegennahm.

»Eine Sekunde. Ich muss mir die passende Kleidung anziehen.«

Ohne Umschweife zog die Künstlerin ihre Arbeitshose aus und stand in Unterwäsche da. Aus einer Schublade ihres Kleiderschranks nahm sie Netzstrümpfe und ein schwarzes Balletttrikot und zog die Sachen an.

»Fertig! Auf nach draußen!«

Als die beiden Frauen das Holzhaus verließen, wurden sie von der Sonne geblendet. Instinktiv beschirmten sie die Augen mit den Händen.

Auf dem Weg zu dem Gerüst fragte Doña Maru:

»Ist es für eine allein lebende Frau nicht gefährlich hier?«

»Ehrlich gesagt, sind Sie der erste Mensch, der hier vorbeikommt, seit ich hergezogen bin.«

»Ernsthaft?«

»Ja. Und das Gerüst, an dem das Tuch hängt, habe ich aus ein paar Metallteilen, die hier herumlagen, selbst gebaut.«

»Wissen Sie, wer hier vorher gewohnt hat?«

»Keine Ahnung. Ich habe das Grundstück von einem Mann in den USA gekauft.«

Hope Deren umschlang den Stoff mit Armen und Beinen und kletterte bis zu einer Höhe von etwa sechs Metern nach oben. Ihre Bewegungen waren sicher und anmutig. Ihr Körper verriet keinerlei Zeichen von Anstrengung. Sie führte ein paar Figuren vor. Mal breitete sie die Arme aus wie ein Christus am Kreuz, mal nahm sie eine sitzende Position ein wie Buddha, und plötzlich hing sie kopfüber oder absolvierte ein paar Meter im freien Fall.

»Möchten Sie es auch mal ausprobieren?«, fragte Hope von oben.

»Ich schaue Ihnen lieber zu. Das, was Sie da machen, sieht wunderschön aus.«

Die akrobatische Vorstellung dauerte noch ein paar Minuten an. Dann ließ sich Hope an dem Stoff herunter. Doña Maru klatschte begeistert in die Hände. Es war, als wäre sie plötzlich wieder ein Kind.

»Vielen Dank. Es ist sehr heiß, und ich möchte nicht, dass eine von uns einen Sonnenstich bekommt. Möchten Sie vielleicht heute bei mir übernachten?«

»Es wäre mir eine Freude«, sagte Doña Maru.

Sie gingen wieder ins Haus und dann in die Scheune, wo Hope ihr Atelier hatte. Dort bewahrte sie Gemälde, Holz- und Metallteile und jede Menge andere Dinge auf … Ein Chaos, das nur sie beherrschte und in dem sie ihre Kunstwerke schuf.

Den ganzen Abend über redeten die beiden über das Leben. Doña Maru hörte lieber zu, dennoch vertraute sie der jungen Frau einen Teil ihrer Geschichte an. Sie erzählte von ihrem Sohn Santiago, von seiner Kindheit und von ihrer eigenen. Sie erzählte sogar, auf welche Weise sie schwanger geworden war.

»Was für ein Mistkerl!«, rief Hope und meinte Don Humberto.

»Ich gebe ihm keine Schuld und werfe es ihm nicht vor«, meinte Doña Maru. »Natürlich rechtfertigt das nicht, was er getan hat, aber jeder Mensch muss im Leben mit den Karten, die er bekommen hat, tun, was er kann. Ich bin zu dem Schluss gekommen, dass es nur zwei Arten gibt, sich im Leben zu verhalten: Liebe zu geben oder nach Liebe zu streben. Hass und Gewalt, Respektlosigkeit, Gemeinheiten und der Rest an üblem Verhalten sind im Grunde nur verzweifelte Schreie nach Liebe.«

»Und deshalb muss man anderen Menschen schaden?«

»Die Welt ist nicht perfekt, meine liebe Hope. Jahre später habe ich erfahren, dass Don Humberto bankrottgegangen ist mit seiner Firma. Seine Frau, Doña María Fernanda, war bereits vorher gestorben. Sie hatten keine Kinder. Ich nehme an, dass er ein paar falsche Entscheidungen getroffen hat und …«

»Ausgleichende Gerechtigkeit«, meinte Hope ungerührt und nahm einen Zug von der nächsten Zigarette, die sie sich angezündet hatte.

»Er hat getan, was er konnte, wenn man die Umstände betrachtet. Wie gesagt, ich verurteile niemanden.«

»Und ich kann nur wiederholen, dass er ein Mistkerl war.«

Doña Maru sagte nichts weiter dazu.

»Das, was Sie an dem Tuch gemacht haben, hat mir gut gefallen. Eine Hand im Himmel und ein Fuß auf dem Boden. Wenn Don Humberto sich daran ein Beispiel genommen hätte, wäre er vielleicht nicht so geendet, einsam und bankrott.«

»Wie meinen Sie das?«

»Ich habe in meinem Leben viele Träumer gesehen, die alles verloren haben. Und genauso viele Leute, die, von der Notwendigkeit gedrängt, Dinge getan haben, ein Geschäft getätigt oder sonst etwas, ohne ihren Verstand zu benutzen.«

»Unternehmer … Viele Menschen denken an nichts anderes: Sei du selbst, riskier etwas, trau dich, du solltest kein Leben führen, das du nicht magst, gründe dein eigenes Unternehmen, du kannst das … Und was passiert? Fast alle scheitern.«

Doña Maru sah Hope an, ohne wirklich zu verstehen, was sie meinte.

»Man sagt, dass im Wilden Westen nur wenige Gringos durch Gold reich geworden sind. Die, die wirklich ein Vermögen gemacht haben, waren die Leute, die ihnen die Spitzhacken und die Schaufeln verkauft haben.« Beide Frauen lachten. »Ich bin durchaus der Meinung, dass man versuchen sollte, seine Träume zu verwirklichen, aber man darf dabei nicht vergessen, den Kopf zu benutzen. Das ist genauso wie bei der Tuchakrobatik: Obwohl man in der Luft schwebt, hat man auch einen Halt auf dem Boden. Man legt eine Matte auf den Boden. Man schützt sich. Sodass, wenn etwas schiefgeht, der Sturz nicht so schlimm ist. Stimmt's?«

»Sie haben es perfekt in Worte gefasst.«

»Es gibt Menschen, die offenbar glauben, dass sie mit einem Fingerschnippen alles erreichen können. Wie bei einem Zaubertrick. Aber ohne sich ein wenig anzustrengen, erreicht man gar nichts. Natürlich muss man an sich glauben. Ich glaube zum Beispiel daran, dass ich alle meine Karamellkekse verkaufen kann und dass ich Elmer finden werde, aber das befreit mich nicht davon, die Kekse zu backen oder lange Strecken auf meinem Fahrrad zurückzulegen.«

Hope nickte schweigend.

»Das Internet und all diese Erfindungen führen uns in die Isolation. Wir sind abgetrennt von anderen Menschen und von der Realität. Unsere Beziehungen sind oberflächlich, da wir es nur mit Schatten zu tun haben, nicht mit den echten Menschen, mit bearbeiteten Fotos, mit geschönten Geschichten. Die Realität jedoch ist schmutzig, sie stinkt nach Exkrementen. Manchmal duftet sie auch nach Blumen und nach Karamell, aber sie ist nicht so keimfrei, wie man uns das glauben macht. Was meinen Sie?«

»Wir brauchen einander«, sagte Hope.

»So ist es. Ich liebe die Einsamkeit und verbringe den größten Teil der Zeit allein. Nach der Sache mit Don Humberto war ich nie mehr mit einem Mann zusammen! Ehrlich gesagt, vorher auch nicht. Ich hatte nie das Bedürfnis. Dennoch brauche ich andere Menschen. Von allem abgetrennt können wir nicht leben, Hope. Unsere innere Welt ist viel reicher, wenn wir sie mit anderen teilen, verstehen Sie?«

Hope wägte Doña Marus Worte ab.

»Alle glauben, dass die Buddhisten freiwillig Mönche werden und alles hinter sich lassen möchten, aber die Weisesten unter ihnen wissen, dass sie in die Welt der Alltäglichkeit, in die Gesellschaft zurückkehren müssen«, sagte sie schließlich.

»Ich weiß nicht, was ein Buddhist ist, aber der Gedanke gefällt mir.«

Hope lächelte.

»Und jetzt?«, fragte Doña Maru. »Ich meine, wenn Ihnen das alles klar ist, was machen Sie dann noch hier? Wovor verstecken Sie sich? Wovor haben Sie Angst? Fürchten Sie sich vielleicht davor, zuzugeben, dass es völlig verrückt war, sich in die Wüste zurückzuziehen? Dass es überhaupt nicht nötig war? Die Reue ist so dumm wie ein Hund, der in einen Stein beißt. All die Bücher, die Weisheit, alle Ideen, guten Absichten und selbst der Glaube bringen nichts, wenn man nicht zur Tat schreitet und das, was man gelernt hat, anwendet und mit anderen teilt.«

»Und wie weiß man, ob man die richtige Entscheidung getroffen hat?«

»Am Ende läuft alles auf die Frage nach den Konsequenzen hinaus: Ist es das, was ich wirklich wollte? Bin ich bereit, all die Folgen zu tragen, die mein Handeln nach sich zieht? Will ich das, was es in zehn Minuten, in zehn Monaten, in zehn Jahren mit sich bringt? Die richtige Entscheidung ist stets eine verantwortungsvolle Entscheidung – verantwortungsvoll den anderen und sich selbst gegenüber.«

Hope überdachte Doña Marus Worte.

»Es ist gut, wenn wir auf unsere innere Stimme hören«, fügte diese hinzu. »Solange sie sich im ständigen Dialog mit allem, was uns umgibt, befindet.«

»Ich gebe zu, dass ich vielleicht dem Solipsismus in die Falle gegangen bin«, sagte Hope nachdenklich.

»Dem Solips was?«

»Dem Glauben, dass es außer mir nichts gibt. Oder besser gesagt, dass nur das eigene Ich existiert.«

Doña Maru schüttelte ungläubig den Kopf.

»Das, meine Liebe, ist ein großer Irrtum, aber es erklärt vieles von dem Unsinn, den die Menschen manchmal tun.«

Allmählich neigte sich der Tag seinem Ende zu. Zum Abendessen bereitete Hope gebratenes Gemüse zu. Sie war Vegetarierin. Und während sie aßen und erzählten, verstand Hope das alte Sprichwort: Geteiltes Glück ist doppeltes Glück. Sie hatte sich auf diese Ranch mitten in der Wüste zurückgezogen, um vor dem Einzigen zu fliehen, dem man nicht entfliehen konnte: sich selbst. Anstatt dankbar für den Erfolg zu sein, den sie sich erarbeitet hatte, und einen Weg zu finden, um das Erreichte zu genießen, ohne das, was sie ausmachte, aufzugeben, hatte sie sich in dieses Niemandsland geflüchtet und sich von allem isoliert.

In Wahrheit jedoch hatte sie sich in die Scheinwelt des Internets gestürzt, in den kaschierten Egozentrismus, den diese mit sich brachte, und dabei den Kontakt zu ihrer Art und der Natur in ihrer Gesamtheit verloren. Und all das, um am Ende genauso überarbeitet, gestresst und abhängig von der Wirkung zu sein, die ihr zur Schau gestelltes virtuelles Leben auf andere hatte. Alles, um sich genauso zu fühlen wie vorher und zusätzlich noch allein zu sein.

Nun war die Zeit gekommen, um ihr Wissen auch anderen Menschen zur Verfügung zu stellen und nicht nur sich selbst. Es war Zeit, zurückzukehren.

»Wissen Sie was, Doña Maru? Ich werde meine Zelte hier abbrechen. Wenn Sie möchten, kann ich Sie morgen mit meinem Pick-up nach Veracruz mitnehmen. Es wäre mir ein Vergnügen.«

»Das ist sehr freundlich, aber ich denke, ich muss meinen Weg allein fortsetzen. Ich weiß, dass Sie das verstehen.«

»Dann werde ich nicht weiter in Sie dringen«, sagte Hope und lächelte.

»Sie haben mir erzählt, dass Sie das Werk meines Enkels genau studiert haben. Was, glauben Sie, will er mit seinen Bildern sagen?«

»Warten Sie einen Moment, vielleicht kann ich Ihnen ein Beispiel zeigen …« Hope nahm ihren Laptop. »Mist, schon wieder kein Netz. Dieses verdammte Internet. Es funktioniert nur, wenn es will.«

»Kein Problem. Versuchen Sie einfach zu sagen, was Sie mir zeigen wollten.«

Hope überlegte und suchte nach den richtigen Worten.

»Es ist schwierig, es in Worte zu fassen, aber das, was ich sagen kann, ist, dass seine Bilder sich mit der Zeit verändert haben. Sie sind irgendwie … sanfter geworden. Meiner Meinung nach ist er auf der Suche nach Liebe und möchte sein Verzeihen ausdrücken. Elmer Expósito ist nichts und niemandem mehr böse. Seine letzten Bilder sind so voller Hoffnung.«

»Hoffnung …«

Doña Maru sah gedankenverloren in den Nachthimmel, an dem tausend Sterne funkelten. Sie malte mit dem Finger eine Figur um eine Gruppe von Sternen, als würden sie ihr einen bestimmten Weg weisen, und lächelte.

»Ich habe morgen eine weite Fahrt vor mir. Deswegen möchte ich jetzt schlafen gehen.«

Obwohl Hope es ihr mehrmals anbot, wollte Doña Maru weder im Bett noch auf dem Sofa schlafen. Sie breitete in aller Ruhe ihre alte Decke vor der Tür aus.

»Ein wenig Hunger und ein wenig Kälte, so sollten Kinder und Erwachsene erzogen werden«, erklärte sie lächelnd. »Gute Nacht, Hope Deren. Und vielen Dank für Ihre Gastfreundschaft. Ich bin mir sicher, dass Sie den Weg allein finden werden.«

»Den Weg wohin?«

»Zu sich selbst.«

»Ich werde die Hoffnung nicht verlieren«, erklärte Hope und nickte. Sie hatte die alte Dame ganz genau verstanden.

Doña Maru schloss die Augen, und die Welt setzte ihren verrückten, unablässigen Tanz fort, ohne zu beachten, dass die alte Frau sich zur Ruhe gelegt hatte. Ohne ihre Abwesenheit zu beachten. Oder ihre Anwesenheit. Aber auch ohne sie aus den Augen zu verlieren oder sie zu brauchen, genau wie alle anderen Wesen, die ihren ununterbrochenen Tanz fortsetzten.

9

Die Früchte der Ernte einsammeln, denjenigen helfen, die auf uns folgen. Liebe, Mitgefühl und Großzügigkeit: das Geheimnis der ewigen Jugend

Wenn man den Blick nur auf sich selbst konzentriert, wirkt sogar ein kleines Problem unerträglich.

DALAI LAMA

Bevor Doña Maru aufbrach, versprach sie Hope, dass sie ihr Elmer vorstellen würde, sollte sie ihn finden.

»Ich bin mir sicher, dass es Ihnen gelingen wird«, sagte die Künstlerin, die an der Tür der Ranch lehnte und ihre erste Zigarette rauchte.

Sie schaute ihr nach, bis von der alten Dame auf ihrem Fahrrad nur noch eine Staubwolke zu sehen war, die sich allmählich am Horizont verlor.

Unter der Sonne, die bereits kräftig vom Himmel strahlte, trat Doña Maru mit ihren rutschenden Wollstrümpfen zwei oder drei Stunden über in die Pedale. Auf ihre Reise konzentriert und in dem festen Glauben, dass sie ihren Enkel früher oder später finden würde, schienen ihre Kräfte unerschöpflich.

Erst der Anblick einer Bar, die am Wegesrand auftauchte, brachte sie auf den Gedanken, dass ihr eine Pause und ein kühles Getränk sicher guttun würden. Sie stellte ihr Fahrrad an der Eingangstür ab und trat ein. In der Bar war wenig los. Tatsächlich befanden sich darin nur ein müde wirkender Barkeeper und ein etwa fünfzigjähriger Mann, der, die Arme auf die Theke gestützt, mit hängendem Kopf auf einem Barhocker saß. Doña Maru hatte im Laufe ihres Lebens viele Menschen in dieser Haltung gesehen. Es war die Haltung des einsamen Trinkers, dem der Alkohol allmählich das Hirn und das Herz vernebelte.

Als sie eintrat, warf ihr der Barkeeper einen langen gleichmütigen Blick zu. Man hätte auch sagen können, dass die Augen dieses Mannes bereits alles gesehen hatten und es sehr schwer war, ihn noch zu überraschen. Dem Mann mit dem weißen Hemd und dem ergrauten Haar, der an der Theke saß, fiel gar nicht erst auf, dass jemand den Raum betreten hatte. Doña Maru ging auf den Tresen zu, wünschte einen guten Tag und bestellte ein Glas Wasser. Der Mann mit dem weißen Hemd wandte sich zu ihr um und starrte sie ungeniert an.

»Sind Sie gekommen, um was zu trinken, Señora? Ich lade Sie ein.«

»Nein, nein. Ich trinke keinen Alkohol, aber vielen Dank. Ich bin seit heute Morgen mit dem Fahrrad unterwegs und möchte mich ein wenig erfrischen.«

»Sie sind mit dem Fahrrad bis hierher gekommen?«

»So ist es, Señor. Und Sie? Ich habe draußen vor der Tür gar kein Auto gesehen.«

Der Mann schnalzte mit der Zunge. Er lallte ein wenig. In den Händen hielt er ein Glas Tequila. Doña Maru konnte es riechen.

»Mein Chauffeur hat mich hergebracht. Ich habe ihn gebeten, mich später wieder abzuholen, denn ich mag es nicht, wenn man mein Auto vor der Tür stehen sieht.«

Der Barkeeper stellte ein wenig lustlos das Glas Wasser auf die Theke.

»Bitte, Señora.«

»Vielen Dank.«

»Was hat Sie an diesen gottverlassenen Ort geführt?«, fragte der Trinker.

»Ich bin sicher, dass Ihre Geschichte wesentlich spannender ist als meine«, entgegnete Doña Maru.

»Meine Geschichte ist eine einzige Katastrophe«, meinte der Trinker und hob sein Glas. »Es ist die Geschichte eines alten Mannes, der einen Haufen Geld auf der Bank hat und einsam und betrunken in einer Bruchbude irgendwo in der Wüste sitzt. Na, wie gefällt Ihnen das?«

»Ich habe schon von traurigeren Schicksalen gehört«, gab Doña Maru zurück.

»Ach ja? Was kann denn deprimierender sein als das Alter und die Einsamkeit?«

»Was hätten Sie denn vorgezogen? Das Alter geht an keinem vorbei, auch wenn Sie noch weit davon entfernt sind, wirklich alt zu sein«, erklärte sie lächelnd. »Und einsam ist man nie.«

Der Trinker schenkte ihren Worten keine Aufmerksamkeit.

»Wissen Sie … Ich musste schon arbeiten, als ich fast noch ein Kind war«, erklärte er, und seine Alkoholfahne wehte Doña Maru entgegen. »Mein Vater hat uns verlassen, und ich musste die ganze Familie ernähren. Ich wette, solche Geschichten haben Sie schon öfter gehört, was?«

»Ja, leider ist das keine besonders originelle Geschichte«, stimmte Doña Maru zu.

»Sind Sie sicher, dass Sie nichts trinken wollen?«

»Absolut.«

»Werden Sie mir jetzt sagen, dass auch ich nichts mehr trinken soll?«

»Nein.«

»Besten Dank.«

»Mögen Sie vielleicht einen Karamellkeks?«

Statt einer Antwort nippte der Mann nur an seinem Tequila.

»Wollen Sie wissen, was ich hier mache, anstatt meinen Reichtum zu genießen?«, fuhr er fort und starrte sie einen Moment mit glasigen Augen an. Sie wusste, dass es völlig egal war, was sie sagen würde. Er wollte einfach nur reden, deshalb schwieg sie.

»Ich will noch mehr Geld«, beantwortete er seine Frage selbst. »Das ist der Grund, warum ich hier bin.«

»Mehr Geld wozu?«

»Um nicht daran denken zu müssen, was für eine arme Sau ich in Wahrheit bin.«

»Ich verstehe nicht viel von Geschäften«, meinte Doña Maru, »aber ich glaube nicht, dass Sie hier viel Geld verdienen können.«

»Geld gibt es überall, es ist eine Frage von hier oben.« Er tippte sich an die Stirn. »Aber im Moment denke ich nur ans Trinken. Ich möchte meinen Geist betäuben, einen Moment der Ruhe finden, auch wenn ich mir damit schade.«

»Haben Sie Familie?«

»Ich war verheiratet, aber meine Frau hat mich schon vor Jahren verlassen. Was ich ihr nicht verübeln kann. Ich hatte nie Zeit für sie, und wenn ich mal da war, habe ich sie schlecht behandelt. Die übliche Geschichte. Tut mir leid, dass ich kein originelleres Leben führe«, entschuldigte er sich mit schleppender Stimme.

»Wenn Sie in der Lage waren, so viel Geld anzuhäufen, denken Sie nicht, dass Sie dann auch andere Dinge erreichen könnten?«

»Was?«

»Sie haben alles dafür getan, um Geld zu verdienen, und das ist Ihnen offenbar ja auch gelungen. Denken Sie nicht, dass es dieser vordringliche Wunsch war, der

Sie zu dem gemacht hat, der Sie heute sind? Bei allem, was es auf der Welt an Möglichkeiten gibt, haben Sie sich auf diese eine Sache konzentriert und die nötigen Schritte unternommen, um Ihr Ziel zu erreichen. Es ist ein bisschen so, als ob Sie Ihre eigene Welt erschaffen hätten. Und würde das bei einer anderen Sache, einem anderen Ziel, das Sie sich setzen, nicht genauso sein? Tatsächlich können wir die Welt, die wir sehen, verändern, wenn wir sie auf andere Weise sehen.«

»Da bin ich anderer Meinung, Señora. Die Welt ist das, was sich am anderen Ende von dem befindet, was wir wollen oder möchten.«

»Natürlich gibt es Dinge, die nicht in unserer Macht liegen. Aber wir können stets die Art und Weise wählen, wie wir auf das reagieren, was uns passiert. Das ist das Einzige, was wir machen können. Aber es ist nicht wenig.«

»Und was kann ein alter Mann wie ich mit all den Jahren tun, die mir zwischen den Fingern zerronnen sind?«

»Was machen Sie beruflich?«

»Ich kaufe und verkaufe Dinge.«

»Und das machen Sie, wie Sie selbst gesagt haben, ziemlich gut, oder?«

»So ist es.«

»Wieso zeigen Sie dann anderen Leuten nicht, wie sie ihre Lage verbessern können? Warum helfen Sie beispielsweise den Jüngeren nicht?«

»Wie sollte das gehen?«, fragte der Mann und winkte müde ab.

»Keine Ahnung. Spenden Sie etwas, schreiben Sie ein Buch, reden Sie mit den Menschen. Heutzutage können Sie Wissen in Form eines *Blogs* vermitteln ...«

»Eines *Blogs* ...« Der Mann grinste, als er dieses Wort aus dem Mund einer so alten Frau hörte. »Warum sollte ich für andere als Mentor zur Verfügung stehen? Meine Geheimnisse offenlegen? Man muss schon ganz schön blöd sein, wenn man so was tut! Und wenn die anderen anschließend mehr verdienen als ich, bin ich der Angeschmierte. Güter sind rivalisierend: Entweder der eine hat sie oder der andere.«

Doña Maru lächelte und schüttelte langsam den Kopf.

»Das stimmt nicht ganz. Es ist von allem genug für alle da. Und der, der mehr gibt, bekommt auch mehr.«

»Ein interessantes Paradoxon«, meinte der Mann.

Doña Maru wusste nicht, was ein »Paradoxon« war, fragte jedoch nicht weiter.

»Von einem bestimmten Moment im Leben an fährt man die Ernte von dem ein, was man gesät hat«, sagte sie stattdessen. »An diesem Punkt angekommen, kann man zwei Dinge tun: alles für sich behalten oder teilen. Wobei man wissen muss, dass ein Gewinn, den man nicht teilt, ein Verlust ist. Verstehen Sie?«

»Ich fürchte, ein solch ›guter Samariter‹ bin ich nicht.«

»Sie könnten gleich heute damit anfangen.«

»Dafür ist es zu spät.«

»Ganz im Gegenteil«, meinte Doña Maru. »Je mehr Sie anderen helfen, je mehr Sie Ihr Wissen teilen, desto mehr helfen Sie sich selbst und desto mehr lernen Sie. Und solange Sie lernen, bleiben Sie jung. Das ist das Geheimnis der ewigen Jugend. Vielleicht baut Ihr Körper nach und nach ab wie bei jedem anderen Lebewesen, aber Ihr Geist wird niemals alt werden, und der Verfall Ihres Körpers wird Ihnen keine Sorgen bereiten. Denn Sie werden mit wichtigeren Dingen beschäftigt sein.«

»Was kann wichtiger für mich sein als ich selbst?«

»Zum Beispiel für die kommenden Generationen vorzusorgen und so über die eigenen Grenzen hinauszuwachsen. Über die Grenzen, die jeden von uns einengen. Wollen Sie wirklich nicht wachsen? Selbst wenn Sie ganz egoistisch sind und nur an sich selbst denken, können Sie auf diese Art die Zeit und die Grenzen, die Ihr eigener Körper Ihnen Ihrer Meinung nach auferlegt, hinter sich lassen.«

»Ich habe noch nie eine derartige Verteidigungsrede für den Egoismus gehört«, erklärte der Mann mit einem traurigen Lächeln.

»Ich verteidige nicht den Egoismus. Was ich damit sagen will, ist, dass nicht einmal der Egoismus verhindern kann, über sich hinauszuwachsen, wenn man das möchte.« Sie machte eine kurze Pause, um einen

Schluck Wasser zu trinken. »Ganz sicher würden Sie, je weiter Sie vorankommen, die wirkliche Bedeutung dessen, was ich Ihnen gerade zu erklären versuche, verstehen. Sie würden begreifen, wie absurd es ist, nur sich selbst zu sehen. Sie würden Ihren Egoismus vergessen und verstehen, worin das wahre Glück liegt. Die einzige Art und Weise, wirklich zu wachsen, ist zu teilen. Das klingt seltsam, aber so ist es. Ein Baum bietet immer mehr Früchte an, je größer er wird. Er gibt sie uns ohne Gegenleistung.«

Der Mann merkte, dass sein Glas leer war, und war versucht, einen neuen Tequila zu bestellen, doch er hielt sich zurück.

»Natürlich können Sie immer so weitermachen wie bisher und sich in heruntergekommenen Bars wie dieser hier mit Alkohol betäuben«, meinte Doña Maru.

Der Mann senkte den Kopf, aber nicht, weil er sich schuldig fühlte, sondern weil er über das nachdachte, was die alte Frau gesagt hatte.

»Können Sie sich vorstellen, wie die Welt wäre, wenn die älteren Kinder sich um die jüngeren Kinder kümmern würden, die Erwachsenen um die älteren Kinder, die Menschen in fortgeschrittenem Alter um diejenigen, die nach ihnen kommen, und immer so weiter? Alte Menschen wären eine Quelle der Weisheit und keine Last. Es gäbe weniger Gewalt in der Welt und weniger Ängste. Ich habe wirklich keine

Ahnung, wer uns in den Kopf gesetzt hat, dass wir nur vorankommen können, wenn wir mit anderen konkurrieren und nur nach unserem eigenen Wohl streben.«

»Sicher irgendein Gott«, sagte der Trinker spöttisch.

»Ich bezweifle sehr, dass irgendein Gott, den man ernst nehmen kann, etwas Derartiges für seine Geschöpfe möchte.«

»In diesem Fall wäre es der Gott des Geldes.«

»Wenn Sie meinen«, seufzte Doña Maru und blickte sich um.

»Warum sind Sie denn hier? Um wie in *Pinocchio* mein Jiminy Grille zu sein?«

Doña Maru lächelte.

»Manchmal denkt man, dass man ein bestimmtes Ziel hat, um später festzustellen, dass das gar nicht so ist. Daher würde es mich nicht überraschen, wenn ich genau aus diesem Grund hier wäre. Sie können gerade einen Anstoß gebrauchen. Ich sehe, dass Sie sich in der Phase des Lebens befinden, in der man Bilanz zieht: Ist dies der Ort, wo ich hinwollte? Bin ich glücklich? Und wann und wie werde ich sterben?«

Obwohl Doña Maru sich selbst immer weniger Gedanken gemacht hatte, seit sie die Fünfzig überschritten hatte, wusste sie doch, dass die meisten Menschen, wenn sie die Mitte des Lebens erreicht haben, sich derartige Fragen stellten. Sie beschäftigen sich dann damit, ob sie im Leben Erfolg hatten oder gescheitert sind. Damit und mit einer unbestimmten Angst vor dem Tod.

Der Zweifel daran, ob sie ihre Zeit wirklich genutzt hatten, ließ sie sich vor dem Ende fürchten. Was blieb ihnen dann noch – abgesehen von allen möglichen Beschwerden und Ängsten? Für Doña Maru war die Antwort klar: Es gab zwar keine Möglichkeit, die Zeit anzuhalten, aber man konnte so leben, dass einem die Kollateralschäden kein Kopfzerbrechen bereiteten. Der Schlüssel lag darin, weiterhin zu lernen und sich von den Erfahrungen der Jüngeren zu nähren, während die Zeit voranschritt. Es gab einige berühmte Rockstars, die das ganz genau begriffen hatten: Wenn ein neues Talent heranwuchs, zögerten sie nicht, mit ihm zusammenzuarbeiten oder es zu unterstützen. So konnten beide Seiten von der Situation profitieren.

Viele Menschen waren wie dieser einsame Trinker. Sie fühlten sich als Opfer der Umstände, denn die Welt würde, unabhängig davon, wie man sie sah oder empfand, immer gleich schlecht sein – und natürlich war diese Welt der Grund allen Übels. Jeder Versuch, eine andere Einstellung zu den Dingen zu gewinnen, wurde als dummes Gerede angesehen, um Selbsthilfe-Bücher zu füllen – die Doña Maru im Übrigen sowieso nicht lesen konnte –, oder als magisches Rezept, um die Leute vor allem in unruhigen Zeiten davon zu überzeugen, dass sie, ohne einen Finger zu rühren, stets erreichen konnten, was sie wollten.

Für Doña Maru hatte das alles jedoch nichts mit Magie zu tun. Das Einzige, was nötig war, war zu wissen, was man wollte (oder zumindest was man *nicht* wollte), darauf zu vertrauen, dass man es erreichen würde, und vor allem, sich in Bewegung zu setzen. Der Rest kam dann von allein.

Keine Magie, sondern nur von der Vernunft geleitetes Handeln ohne allzu viel Gefühlsduselei. Wenn man glaubte, etwas eh nicht zu erreichen, warum sollte man dann handeln? Um nachher zuzugeben, dass man es doch nicht geschafft hatte? Sicher war es leichter, sich selbst zu sabotieren. Und genau das war es, was die meisten Menschen machten, manchmal, ohne es zu wissen.

Dem Pessimismus konnte nichts Gutes erwachsen.

»Früher habe ich mir manchmal vorgestellt, wie ich gerne leben würde«, sagte der Mann jetzt.

»Aha.«

»Ich habe immer gedacht, dass ich mal eine Familie gründen würde, dass ich ein schönes und friedliches Leben führen und mir ab und zu etwas gönnen könnte. Denn ich mag den Luxus.«

»Und das haben Sie nicht erreicht?«

»Nein. Wir haben keine Kinder, und meine Frau hatte irgendwann die Nase voll von mir und ist gegangen. Ich habe mich nur noch mit meinen Geschäften befasst und war nicht mehr in der Lage, die Früchte meiner Arbeit zu genießen. Ich habe die Träume meiner Kindheit gegen den materiellen Erfolg getauscht. Man könnte mich zwar für einen erfolgreichen Menschen halten, aber im Leben bin ich gescheitert.«

»Sie können nicht gescheitert sein, wenn Sie wissen, wie man es schafft, mit etwas Erfolg zu haben. Wenn Sie in der Lage waren, das zu erreichen, können Sie alles schaffen, was Sie sich vornehmen. Das ist wie Fahrradfahren: Wenn man Dinge lernt, die man vorher nicht konnte, dann gibt es noch Hoffnung. Können Sie Fahrrad fahren?«

»Natürlich«, sagte der Mann lächelnd.

»Erinnern Sie sich noch, wie Sie sich gefühlt haben, als Sie es lernten? Haben Sie nicht Lust, Freude, Furcht, Ausdauer, den Ehrgeiz, es zu schaffen, und den Glauben empfunden, dass diese neue Fähigkeit Ihre Welt erweitert hat?«

Die Augen des Mannes wurden feucht.

»Man vergisst diese Dinge wohl, wenn man älter wird«, brachte er schließlich heraus.

»Das ist das Problem. Wir vergessen, was wir bereits wussten, und müssen es neu lernen, als wären wir gerade aus dem …«

»Koma erwacht«, ergänzte der Trinker. »Verraten Sie mir nun, was Sie eigentlich hierhergeführt hat?«, fragte er dann noch einmal.

Doña Maru erzählte ihm von ihrem großen Abenteuer und all den Dingen, die sie auf ihrem Weg erfahren hatte. Der Mann meinte, dass er nicht viel von

Kunst verstehe und deshalb wohl noch nie etwas von ihrem Enkel gehört habe, aber dass er gerne eines seiner Werke kaufen würde. Auf diese Weise könne er gleich damit anfangen, junge Talente zu fördern.

»Mein Chauffeur wird gleich kommen. Ich kann Sie mitnehmen, wenn Sie wollen.«

»Vielen Dank, Señor, aber ich fahre lieber mit meinem Fahrrad weiter. Ich habe das Gefühl, dass ich unterwegs noch eine Menge lernen werde«, entgegnete Doña Maru lächelnd.

»Ich will einer Frau Ihres Alters keine Ratschläge erteilen, aber passen Sie bitte auf sich auf.«

»Das werde ich.«

»Und könnte ich jetzt doch einen von diesen Karamellkeksen haben, die Sie mir vorhin angeboten haben?«

»Aber sicher.«

Doña Maru zog einen Keks aus der Schürzentasche hervor, und der Mann aß ihn langsam, um den ungewöhnlichen Geschmack zu genießen.

»Mhm, köstlich.«

»Danke. Sie haben eben gesagt, dass Sie sich nicht für Kunst interessieren. Ich verstehe auch nicht viel von Kunst, aber ich weiß Schönheit zu schätzen. Jeden Tag betrachte ich den Sonnenaufgang oder sonst etwas Schönes, ohne dass ich damit irgendetwas bezwecke. Nur um die Schönheit um mich herum zu genießen. Ich vergesse mich selbst dabei. Ja, es ist wichtig, sich mit schönen Dingen zu umgeben. Schönheit ist ein höheres Gut als Luxus, da sie keinen anderen Zweck hat als sich selbst. Sie erfreut unsere Herzen, ohne eine Gegenleistung zu verlangen.«

Der Mann nickte.

»Ich heiße Ernesto Borrón.«

»Und ich bin Doña Maru.«

Draußen war ein Hupen zu hören.

»Ich muss los. Es war mir ein Vergnügen, Sie kennenzulernen.«

»Ganz meinerseits.«

Der Mann ließ seine Hand für einen Moment schwer auf dem Arm der alten Frau ruhen und sagte:

»Hören Sie nicht auf, in die Pedale zu treten, Doña Maru.«

Sie schenkte ihm ein Lächeln, während er schwankend und in dem Bemühen, sich aufrecht zu halten, nach draußen stolperte.

Der Barkeeper räumte das Glas weg und wischte mit einem Lappen über die Theke. Aus ein paar kleinen, an den Wänden befestigten Lautsprechern erklang folkloristische Musik.

Doña Maru blieb noch einige Minuten sitzen, um zuzuhören.

10

Sei du selbst.
Du hast niemand anderen!

Ich bin, was ich bin, und das ist alles, was ich bin!
(I Yam what I Yam, an'tha's all I Yam!)
POPEYE DER SEEMANN

In dieser Nacht träumte Doña Maru von ihrer Zeit im Waisenhaus. Sie sah sich selbst als rebellisches und unruhiges Kind. Dann schwanger und ohne Perspektive. Sie war wie ein Blatt im Wind und machte die Erfahrung, dass die Welt an sich gut war. Das Schlechte war wie ein dunkler Schleier, der die Augen derjenigen bedeckte, die auf dumme und unangemessene Weise nach Liebe strebten. Sie sah, wie sie sich selbst einen dunklen Schleier von den Augen nahm. Sie war siebenundzwanzig Jahre alt, und die Sonne schien auf ihr Gesicht. Dann sah sie plötzlich einen chilenischen Karamellkeks vor sich liegen – jene Süßigkeit, die sie mit ihrer Herkunft, ihren Wurzeln und ihrer Kindheit verband. Sie griff nach dem Karamellkeks und erwachte.

Eins mit sich selbst zu sein bedeutet, sich seine wahre Natur in Erinnerung zu rufen.

Der Morgen dämmerte. Doña Maru hatte am Wegesrand übernachtet. Nachdem sie wie jeden Morgen mit Blick auf den Horizont ein paarmal tief durchgeatmet hatte, schickte sie sich an, ihr spärliches Gepäck zusammenzusuchen, als plötzlich das Miauen einer Katze ihre Aufmerksamkeit erregte.

»Eine Katze«, sagte sie. »Wie seltsam, hier auf eine Katze zu treffen.«

Sie blickte sich um und sah nichts.

Doch das Miauen erklang erneut. Doña Maru schüttelte den Kopf und wandte sich wieder ihren Sachen zu. Ein weiteres Miauen, das sich näher, höher und herzzerreißender anhörte. Doña Maru verschränkte die Arme vor der Brust und suchte mit dem Blick den Horizont ab.

Hinter dem einzigen Kaktus, der weit und breit zu sehen war, tauchte eine dünne schwarze Katze auf. Sie schien ganz zutraulich und kam Schritt für Schritt näher.

»Aber was machst denn du hier in dieser Ödnis?«, fragte Doña Maru erstaunt.

Die Katze strich um ihre Beine und begann zu schnurren.

Doña Maru fragte sich, wieso die Katze sich wohl so sicher fühlte. Sie bewegte sich in einem Umfeld, das ihr nicht entsprach und alles andere als günstig war, ja sogar gefährlich sein konnte. Aber das wusste das Tier offenbar nicht. Es lebte nicht in einer Welt, die von den Gesetzen von Ursache und Wirkung beherrscht wurde, von statistischen Werten oder von dem Wissen um Vergangenheit und Zukunft. Im Gegenteil – die Welt dieser Katze war mit einer Unwissenheit gesegnet, die es ihr erlaubte, vollkommen in der Gegenwart zu leben. Die Katze wusste nicht, wer sie war, hörte aber auch nicht auf, sie selbst zu sein; sie wirkte träge, war jedoch ständig in Alarmbereitschaft.

Für Doña Maru waren Katzen magisch – geistig überlegene, hoch entwickelte Lebewesen. Sie glaubte daran, dass Katzen in der Lage waren, andere Lebewesen, inklusive der Menschen, mental zu kontrollieren und ihnen ihren Willen aufzuerlegen. Dass sie trotz ihrer ständigen Trägheit wahre Herrscherinnen waren, die nichts beweisen mussten, um andere Tiere zu beeindrucken. Sie verteidigten ihr Revier und ihre Jungen und waren dennoch Einzelgänger. Fast wie Shaolin-Mönche, die die eine Hälfte der Zeit meditieren und in der anderen ihre Kampfkunst trainieren.

Doña Maru goss etwas Wasser in den Deckel ihrer Trinkflasche und stellte ihn auf den Boden, damit die Katze trinken konnte.

»Es tut mir leid, dass ich keinen größeren Napf habe«, meinte sie.

Während das Tier trank, sah Doña Maru, dass es eine weibliche Katze war.

»So eine hübsche Katze«, sagte sie halblaut.

Als sie aufgehört hatte zu trinken, wusch Doña Maru den Deckel aus und wartete darauf, dass die kleine Katze wieder ihrer Wege ging. Doch stattdessen strich sie um das Fahrrad und rieb ihren Kopf daran, um deutlich zu machen, dass es nun ihr gehörte. Bis sie sich schließlich dazu entschied, in den Korb vorn am Lenker zu springen, wo sie erneut zu schnurren begann.

»Du kannst nicht mitkommen. Ich habe keine Ahnung von Katzen, weißt du …«

Das Tierchen rührte sich nicht vom Fleck. Es hatte es sich bequem gemacht und leckte sich mit seiner kleinen, rauen rosafarbenen Zunge über die Pfoten.

»Ich weiß, was du willst«, sagte Doña Maru. »Du möchtest, dass ich dich mitnehme, um aus der Wüste wegzukommen. Das kann ich natürlich machen!«

Doña Maru war froh, dass sie dem Kätzchen helfen konnte, und sie hatte nichts gegen ein wenig Gesellschaft, wenn sie auch nicht danach Ausschau gehalten hatte. Sie stieg wieder auf ihr Fahrrad und trat in die Pedale.

»Wie bist du nur hierhergekommen?«, fragte Doña Maru. Inzwischen musste sie etwa die Hälfte des Weges zurückgelegt haben. Zwar hatte sie keine Landkarte bei sich, aber da sie die Augen geöffnet und auch ihr Herz nicht verschlossen hielt, hatte sie diese gar nicht gebraucht. Sie hatte einfach auf die Zeichen geachtet, die die meisten Menschen übersahen.

Doña Maru vertraute auf ihre Intuition – auch wenn sie dieses Wort nicht verwendet hätte – diese schwer zu erklärende Fähigkeit, eine Menge an Informationen aus unterschiedlichen Quellen instinktiv zu verknüpfen und zu bewerten, noch bevor das Gehirn seine komplexen Berechnungen anstellen konnte und mithilfe von erlernten Größen zu einer Entscheidung kam. Die Intuition war reines Erfassen, noch bevor das Denken einsetzte. Sie war ein Bauchgefühl, was sie schneller, effektiver und eindrücklicher machte als die Gedankengebilde des Gehirns. Allerdings waren intuitive Entscheidungen oder Verhaltensweisen auch schwieriger zu begründen, und in einer Welt, welche die Wissenschaft zur neuen Religion erhoben hatte, war sie von anderen, leichter zu berechnenden und zu beweisenden Dingen und Modellen verdrängt worden.

Zudem durfte man die Intuition nicht mit irgendwelchen Fantasien verwechseln. Letztere waren Erzeugnisse des Bewusstseins, während die Intuition eher dem Tatzenhieb einer … Katze ähnelte.

Während Doña Maru durch die Wüste fuhr und ihren großen Gedanken nachhing, schlummerte das Kätzchen ganz friedlich in dem Fahrradkorb vor sich hin.

Sie dachte noch einmal an all die Menschen, die sie auf ihrer Reise bisher kennengelernt hatte. Und ohne es zu wollen, stellte sie eine Gemeinsamkeit zwischen ihnen allen fest: eine überzogene Selbstverliebtheit und die Neigung, sich kindisch zu verhalten. In gewisser Weise hatten diese Menschen sich alle einen Panzer zugelegt, um sich vor ihren Verletzungen zu schützen, sie alle hatten sich vom wahren Leben abgeschottet.

Der Ursprung ihrer Konflikte lag in dem, was sie in Wirklichkeit waren, und dem, was sie zu sein glaubten oder was ihrer Ansicht nach die anderen von ihnen dachten. Diese Trennung ihrer selbst von den anderen war das eigentliche Problem. Und es löste sich in dem Moment, wenn die wahre Natur der Dinge mit dem Bild, das man von ihr hatte, in Einklang gebracht wurde. Konnte man einem Stuhl im Ernst vorwerfen, dass er als Sitzplatz diente, oder einer Gitarre, dass man mit ihr Musik machte? Doch so einfach dies auch schien, gab es trotzdem viele Menschen, die einen Stuhl oder eine Gitarre dazu benutzten, einen Nagel in die Wand zu schlagen, und sich anschließend furchtbar darüber aufregten, dass sie nicht das erwartete Ergebnis erzielten.

Als Erstes musste man daher immer überlegen, was die wirkliche Natur der Dinge war.

Doña Maru warf einen Blick auf die Katze und lächelte. Dieses Tierchen wusste auf ganz natürliche Art das, was viele Gelehrte der Weltgeschichte versucht hatten, an ihre Schüler weiterzugeben. Es war kein Geheimnis, obwohl letztendlich nur wenige diese Lehre angenommen hatten: Es gab kein Ich, das es zu schützen und festzuhalten galt. Alle Lebewesen waren der unablässigen Veränderung ausgesetzt und folglich aus vielen einzelnen Momenten zusammengesetzt. Dass die Menschen sich selbst Kontinuität und Kohärenz zuschrieben, war reine Illusion.

Bedeutete dies, dass es im Grunde nichts gab, was stabil war, und dass deswegen alles unvermeidlich im Chaos enden würde? Die Katze bewegte sich leicht. Mussten die Tiere sich der Linearität jedes einzelnen Moments, der ihre Existenz bildete, bewusst sein? Mussten sie zwanghaft ihre Zukunft planen? Brauchten sie eine Identität? Machte es sie verrückt, dass all dies nicht der Fall war? Hatten sie aufgehört, die Aufgaben zu erfüllen, die die Natur ihnen zugedacht hatte? Nein. Und abgesehen von der Tatsache, dass die Tiere aus Instinkt und nicht aus rationalen Überlegungen heraus handelten, hatte sich der Ursprung der Dinge nicht geändert. Die Menschen atmeten, schliefen und empfanden Hunger, Kälte und Hitze genau wie die Tiere, und auch sie ließen eines Tages ihre körperliche Hülle zurück, um in den Fluss des Lebens einzutauchen. Waren wir so anders als die Tiere? Es machte nicht den geringsten Sinn, sich jeden Tag den Kopf zu zerbrechen, sich mit Vergangenem das Herz zu beschweren oder voller Angst einer unsicheren Zukunft entgegenzublicken, genauso wie es absurd gewesen wäre, nach vorn zu fahren und dabei die ganze Zeit in den Rückspiegel zu schauen.

Doña Maru verwechselte den Glauben an die natürliche Bestimmung aller Dinge jedoch nicht mit Tatenlosigkeit. Auf der einen Seite hoffte sie, ihre Ziele zu erreichen; auf der anderen Seite war ihr jedoch absolut klar, dass sie selbst dazu den ersten Schritt tun musste. Nirgendwo stand geschrieben, dass ein Mensch auf dem Sofa sitzen und darauf warten konnte, dass sich sein Schicksal erfüllte. Aus dem einfachen Grund, dass dieses Schicksal Bewegung, getroffene Entscheidungen und Verantwortungsgefühl voraussetzte. Das Leben forderte alle Geschöpfe heraus, in dem Bewusstsein, dass nur die tapfersten, intelligentesten, weisesten, ausdauerndsten, integersten, aufrichtigsten und großzügigsten den Schatz finden würden. Es gab nichts, wogegen man kämpfen musste, niemanden, der sich einem wirklich entgegenstellte, und keinen Grund zu leiden.

Zweifellos erteilte das Leben – genauso wie es in der Natur weder das rein Gute noch das rein Böse gab – gelegentlich Lektionen, die, gemessen an dem menschlichen Vorstellungsvermögen, als furchtbar angesehen werden konnten, hinter denen jedoch weder irgendwelche verborgenen Intentionen noch die Absicht zu bestrafen standen. Es war einfach nur so, dass die Elemente, die das Drehbuch unseres Lebens schrieben, die, die unsere Geschichte vorantrieben, manchmal auch Dramen und Tragödien mit sich brachten.

Für beinahe alle Menschen ist die Vorstellung, dass das Leben und Leiden einer Fliege und das eines Menschen gleich sein könnten, absurd, dabei bestehen aus einer kosmischen Sicht durchaus Parallelen. Mit dem Unterschied, dass es für Fliegen, Mäuse, Bären, Löwen und Katzen keine Tragödien gibt. Keinen Erfolg und kein Scheitern. Nur das Leben in seiner reinsten Form.

* * *

Beinahe ohne es zu merken, hatten sie die Wüste hinter sich gelassen. Die Vegetation wurde nach und nach grüner und dichter. Und auch der Tag wich allmählich der einbrechenden Dunkelheit. Doña Maru bereitete sich darauf vor, die Nacht unter einem Baum zu verbringen, als sie in der Dunkelheit plötzlich ein schimmerndes Licht sah. Die Katze miaute, lief ein paar Schritte auf das Licht zu und wandte sich dann auffordernd um.

»Was willst du mir damit sagen?«, frage Doña Maru. Und da sie keine Antwort erhielt, entschied sie sich, der Katze zu folgen.

11

Du kannst den Fluss des Lebens nicht aufhalten, aber du kannst ihn zu deinen Gunsten und dem der anderen in die richtige Richtung lenken.

Ich wache auf und lächle …
Es ist der Moment der Erleuchtung.
THICH NHAT HANH

Die Katze blieb einen Moment stehen und putzte sich die Pfoten.

»Was soll das?«, fragte Doña Maru im Flüsterton. »Ist das jetzt wichtig?«

Sie waren dem Licht näher gekommen, und Doña Maru stellte fest, dass es von der Veranda eines bescheidenen Hauses kam.

Die Katze sah sie unbeeindruckt an, während sie sich weiter die Pfoten leckte.

»Ich vermute mal, jede Kleinigkeit ist wichtig, was?«, sagte die alte Frau zu der Katze, während sie ihr Fahrrad durch die Büsche schob.

Details. Zweifellos sind es genau jene Kleinigkeiten, die den Unterschied zwischen einem Profi und einem Amateur ausmachen. Jeder Mensch, der im Leben Erfolg hat – ob es seinen Beruf, sein Privatleben oder sein persönliches Wohl betrifft –, achtet auf Details: zum Beispiel wie er im Theater die Scheinwerfer ausrichtet, um die bestmögliche Beleuchtung zu erzielen, oder welche Tischdecken und Servietten er für die Geburtstagsfeier seines Kindes nimmt; sowohl was seine äußere Erscheinung betrifft als auch den Umgang mit anderen Menschen. Das ist keine Frage des Geldes, sondern der Einstellung. Die Wohnung sauber und ordentlich zu halten, andere Menschen angemessen zu begrüßen und zu verabschieden, bei der Herstellung jeglicher Art von Produkten bis ins letzte Detail auf Sorgfalt zu achten (zum Beispiel bei der Zubereitung von Karamellkeksen) … Das Detail ist immer das Entscheidende.

Darin lag wohl auch der größte Unterschied zwischen Katzen und allen anderen Tieren: Katzen stürzten sich nicht aufs Essen, sie pflegten sich gründlich, waren liebevoll, wahrten jedoch eine gewisse Distanz, agierten intuitiv, ohne es nötig zu haben, daraus eine große Sache zu machen. Sie waren elegant. Säuberte sich eine Katze zu einem bestimmten Zweck? Nein, und genau dieses Detail machte ihre Größe aus: die Pflege des scheinbar Unnötigen (wie der Schönheit).

Doña Maru wollte die Bewohner des Hauses nicht erschrecken und näherte sich mit leisen Schritten. Ein Ast knackte unter ihrem Fuß.

»Wer ist da?«, rief eine heisere männliche Stimme.

Doña Maru spähte durch das Gestrüpp, um festzustellen, woher die Stimme kam, und sah, dass sie zu einem alten Mann gehörte, der sich auf der Veranda des Hauses befand. Er saß auf einer Bank, die der, die auf ihrer Veranda stand, sehr ähnlich war, er war etwa in ihrem Alter und blickte ihr ruhig entgegen.

»Ich heiße Doña Maru und bin auf der Durchreise. Ich wollte die Nacht im Freien verbringen, aber dann haben wir das Licht gesehen, meine Katze und ich, und die Katze ist vorausgelaufen und hat mich hierhergeführt. Ich hoffe, ich habe Sie nicht erschreckt.«

»Warum sollte ich mich erschrecken?«

Doña Maru sah sich um. Wie überall auf dieser Seite des Erdballs war es dunkel. Nur der Mond erhellte das Grundstück ein wenig. An einer freien Stelle ein paar Meter von dem Haus entfernt steckte ein Holzkreuz in der Erde.

Die Katze lief auf die Bank zu, die aus groben Brettern zusammengezimmert und nicht besonders professionell mit leuchtend roter Farbe gestrichen war, und rieb ihren Kopf daran.

Auf der Bank lag eine Ausgabe von Juan Rulfos Roman *Pedro Páramo*.

»Was ist das für ein Buch?«, fragte Doña Maru.

»Ich weiß es nicht, aber der Titel ist wohl *Pedro Páramo*. Mein Sohn muss es hier liegengelassen haben. Ich kann nicht lesen, aber ich meine mich zu erinnern, dass er mir diesen Titel genannt hat hat, bevor er … Nun, es liegt schon sehr lange hier«, beendete der alte Mann seine Erklärung.

Die Katze sprang auf die Bank und räkelte sich, ohne dass der Mann reagierte.

»Eine schöne Katze«, sagte er schließlich.

»Ein Weibchen«, ergänzte Doña Maru.

»Ich heiße Sergio. Sergio Guzmán«, stellte sich der Mann vor.

»Sehr erfreut, Don Sergio. Ich bin Doña Maru«, entgegnete Maru freundlich. »Kann ich Ihnen einen Karamellkeks anbieten?«

»Es ist lange her, dass ich einen Karamellkeks gegessen habe«, meinte der alte Mann mit verlorenem Blick.

Doña Maru nahm einen Keks aus ihrer Schürzentasche und reichte ihn Don Sergio. Er bedankte sich und bot ihr an, Platz zu nehmen. Dankbar setzte sie sich neben ihn.

»Ich kann auch nicht lesen«, sagte sie, während sie über den Einband des Buchs strich, auf dem eine Staubschicht lag.

»Ich nehme an, dass wir zu alt sind, um es noch lernen zu müssen, was?«

Doña Maru antwortete mit einem zustimmenden Lachen.

»Leben Sie ganz allein hier?«

»Mein Sohn ist vor einigen Jahren fortgegangen.«

»Und Ihre Frau?«

Statt einer Antwort wies der Mann mit dem Kinn auf das Holzkreuz im Garten.

»Das tut mir sehr leid«, sagte Doña Maru schnell. »Es war nicht meine Absicht …«

»Ist schon gut. Sie ist auch schon vor Jahren gegangen. Noch vor meinem Sohn.« Er schwieg einen Moment. »Ich hole etwas Wasser für die Katze«, meinte er dann.

Don Sergio stand mühsam auf und schlurfte mit langsamen Schritten ins Haus, um nach einer Ewigkeit mit dem unteren Teil einer Plastikflasche, den er abgeschnitten und mit Wasser gefüllt hatte, zurückzukehren. Seine Hände zitterten ein wenig. Er stellte den Behälter auf die Bank, bevor er sich wieder hinsetzte. Die Katze trank.

»Als meine Frau gestorben ist, habe ich beschlossen, sie hier zu beerdigen«, sagte er. »Ich selbst habe das Grab ausgehoben.« Sein Blick ging ins Leere.

Doña Maru schwieg betroffen.

»Möchten Sie einen Kaffee oder ein Glas Wasser?«, fragte Don Sergio.

Doña Maru, die gesehen hatte, wie schwer es dem Mann fiel, aufzustehen, lehnte das Angebot ab.

»Nein, vielen Dank.«

»Möchten Sie wissen, warum ich meine Frau hier beerdigt habe?« Ohne auf eine Antwort zu warten fuhr er fort. »Weil ich wollte, dass sie immer bei mir ist. Ich habe sie so sehr geliebt, dass ich gedacht habe, dass, wenn ich sie hier zur Ruhe bette, ihr Geist mir Gesellschaft leistet und niemals fortgehen wird. Manchmal kann ich ihre Gegenwart direkt spüren.«

Doña Maru stützte sich mit den Händen auf den Oberschenkeln ab. Sie betrachtete das Grab, das selbst gezimmerte Holzkreuz und den leuchtenden Mond. Der alte Mann tat ihr leid.

»Sind Sie verheiratet?«, fragte Don Sergio.

»Nein, ich war nie verheiratet. Aber ich hatte einen Sohn, Santiago. Auch er ist gestorben. Und nun suche ich nach meinem Enkel.«

»Oh, das tut mir leid … Wissen Sie denn nicht, wo Ihr Enkel ist?«

»Ich bin nicht ganz sicher.«

»Und Sie sind mit diesem Fahrrad unterwegs?«

»So ist es.«

»Bitte lassen Sie sich von mir einladen, hier im Haus zu übernachten. Es ist recht bescheiden, wie Sie sehen, aber sehr komfortabel.«

Doña Maru willigte ein.

»Das ist sehr nett von Ihnen«, sagte sie. Und nachdem beide, in ihre Erinnerungen versunken, eine Weile geschwiegen hatten, fragte sie: »Wie, denken Sie, fühlt es sich wohl an, ein Geist zu sein?«

Der Witwer brauchte eine Weile, bis er die Frage verstand.

»Wie soll ich das wissen?«

»Nun ja, da Sie es sich für Ihre Frau wünschen, kann es Ihrer Meinung nach ja nicht so übel sein.«

»Ich wollte nur, dass sie für immer bei mir bleibt. Ohne sie ist mein Leben nichts wert.«

»Und was ist mit Ihrem Sohn?«

»Der ist nach Veracruz gegangen. Ich glaube, dass er die Vorstellung nicht ertragen konnte, dass seine Mutter hier begraben ist.«

»Zufälligerweise bin ich gerade auf dem Weg nach Veracruz«, meinte Doña Maru lächelnd. »Wie heißt denn Ihr Sohn?«

»Pablo Guzmán. Das Letzte, was ich über ihn erfahren habe, ist, dass er in Veracruz als Eisverkäufer arbeitet. Er liest sehr gern, wobei ich keine Ahnung habe, woher er all diese Bücher bekommen hat, die er immer bei sich hatte. Ich hätte ihm gern eine bessere Ausbildung zukommen lassen, hätte mir gewünscht, dass er studieren kann, aber …« Er hob in einer hilflosen Geste die Schultern. »Wir waren sehr arm. Das sehen Sie ja.«

»Warum fahren Sie nicht zu Ihrem Sohn und besuchen ihn?«

»Ich kann meine Frau doch nicht hier allein zurücklassen«, sagte er aus tiefster Überzeugung. »Außerdem fällt es mir mittlerweile schwer, mich vom Fleck zu bewegen.«

Doña Maru unterließ es lieber, die Möglichkeit zu erwähnen, dass sein Sohn ja auch ihn besuchen könnte. Sie wollte keine schmerzhaften Erinnerungen wecken.

»Ich habe Lupe in einer Holzkiste beerdigt. Die ich selbst gezimmert habe«, fügte Don Sergio hinzu.

Man konnte sich nur schwer vorstellen, dass dieser Mann mit seinen zittrigen Händen irgendetwas herstellen konnte.

»Ich bin mir sicher, dass Sie Lupe sehr geliebt haben.«

»Ich wäre lieber selbst der Erste gewesen, der geht. Es ist schwer zurückzubleiben.«

Doña Maru nickte, während sie den alten Witwer unauffällig betrachtete. Er war ein schmächtiger Mann, dem das Leben wirklich übel mitgespielt hatte. Seine Frau war tot, sein Sohn hatte ihn verlassen. Aber er war auch ein Mann, der sich an die Vergangenheit klammerte und der Liebe mit Gefangenschaft verwechselte. Wenn man nicht achtgab, gelang es dem Egoismus und der Mutlosigkeit stets, sich trotz aller guten Vorsätze einen Weg zu bahnen. Hätte dieser Mann sich nur mal eine Sekunde Zeit genommen, um nachzudenken, hätte er verstanden, dass seine Einstellung ihm den heftigen Schmerz, den der Tod seiner Frau für ihn bedeutete, zwar ein wenig erleichtern würde, ihr jedoch keinen guten Bestimmungsort zuwies. Was würde aus ihrem Geist werden, wenn er starb? War es vernünftig, anzunehmen, dass jemand ihn neben ihr beerdigen würde? Waren ihre Geister dazu bestimmt, in Ewigkeit zusammen zu sein? Verdammte sein Verhalten, das ihm eine kurze Erleichterung verschaffte, sie nicht zu ewiger Einsamkeit?

Zum Glück konnten Geister, da sie von ihren Egos und jeglichen Erwartungen befreit waren, ja niemandem böse sein und auch niemandem Schmerz zufügen – zumal sie in Wirklichkeit gar nicht existierten.

Die echten Geister befanden sich nur in den Köpfen derer, die an sie glaubten.

Wie aber konnte man nach etwas greifen, das keinen Körper hatte? Wie konnte man sich daran klammern? Und genauso war es mit der Vergangenheit, den Erinnerungen, den auf die Zukunft gerichteten Erwartungen und Annahmen: Sobald man die Hand danach ausstreckte, was behielt man dann zurück? Nichts. Unsere schlimmsten Ängste, unsere Zweifel, unsere alten Fehler und Sünden … All das verwandelte sich, sobald wir es zu fassen versuchten, in gegenstandslose Geister. All das stellte plötzlich keine Bedrohung oder Gefahr mehr dar, da es uns im Grunde, so realistisch es auch schien, wie ein Hologramm nicht schaden konnte.

Doña Maru wollte die Gefühle des alten Mannes nicht verletzen. Und welchen Sinn hätte es auch gehabt, ihm ihre Ansicht dazu zu sagen? Um klarzustellen, dass sie schlauer war als er? Der entscheidende Unterschied bestand doch darin, dass sie das Ganze aus der Perspektive von jemandem sah, der gefühlsmäßig nicht in die Sache verwickelt war. Außerdem verspürte sie nicht das Bedürfnis, etwas zu beweisen. Aus ihrer Sicht war es nur dann angebracht, derartige Beobachtungen weiterzugeben, wenn man damit dem anderen helfen konnte. Ansonsten handelte es sich um eine egoistische und grausame Tat.

Doña Maru war der Meinung, dass das Problem, das der Mann hatte, nicht im Alter lag (Zeit war für sie immer relativ), sondern darin, dass er nicht wusste, was er sonst tun sollte. Dabei war es manchmal unvermeidlich, den Dingen mutig ins Auge zu sehen. Dieser Mann mit all seinen Gebrechen, der vom Leben so gebeutelt war, klammerte sich an eine Illusion, eine verzweifelte Fantasie, um seinen Schmerz zu lindern. Aber es stand ihr nicht zu, ihn deswegen zu verurteilen. Außerdem würde sich der »Geist seiner Frau« wohl kaum beklagen, und er konnte sich schließlich trösten, wie er wollte.

Doña Maru hätte es für überheblich gehalten, diesen alten Mann eines Besseren zu belehren, aber sie empfand großes Mitgefühl mit ihm.

»Mein Sohn hat mich vor vielen Jahren verlassen, da war er noch ein halbes Kind«, sagte sie. »Ich habe all die Jahre nichts von ihm gehört und erst vor Kurzem über eine Freundin von seinem Tod erfahren. An seiner Beerdigung konnte ich nicht teilnehmen, und ich weiß bis heute nicht, wo er beerdigt ist. Dennoch begleitet mich sein Geist überallhin.«

»Das tut mir aufrichtig leid, Señora«, sagte der alte Mann.

»Keine Sorge. Ich weiß, dass mein Sohn einige falsche Entscheidungen getroffen hat und dass er kein rechtschaffenes Leben führte.« Sie hielt kurz inne. »Ich weiß nur, dass das Leben eine seltsame Sache ist, dass er mein Sohn war, dass ich ihn trotz allem geliebt habe und noch liebe und dass kein Tag vergeht, an dem ich nicht an ihn denke.«

»Ich verstehe Sie sehr gut«, meinte Don Sergio. »Die Kinder. Man tut für sie alles, was man kann, aber man weiß nie, wie das Ganze enden wird. Es ist nicht leicht, anzuerkennen, dass sie anders sind als wir, unabhängig, und früher oder später verlassen sie uns und leben ihr eigenes Leben.«

»Wir können dem Wind nicht vorwerfen, dass er weht, oder dem Fluss, dass er manchmal über die Ufer tritt. So ist es nun einmal«, sagte Doña Maru mit einem wehmütigen Lächeln.

Der alte Mann blickte auf das Holzkreuz. Die Katze erhob sich, und das Fell ihres Rückens sträubte sich, als sie sich rund machte. Während die beiden alten Leute geredet hatten, hatte sie geschlafen. Leichtfüßig sprang sie nun von der roten Bank hinunter und ging zu Lupes Grab hinüber. Vor dem Holzkreuz rollte sie sich zusammen und blieb ganz ruhig liegen. Eine Träne lief Don Sergio über die Wange. Doña Maru nahm sanft seine Hand. Sie warf der Katze einen zärtlichen

Blick zu und wusste nun, warum sie ihr begegnet war. Sie schloss die Augen für einen Moment und lächelte in sich hinein.

»Der Katze scheint es hier zu gefallen.«

»Wie heißt sie?«

»Ich weiß es ehrlich gesagt nicht, da ich sie erst gestern gefunden habe. Oder besser gesagt, hat sie mich gefunden«, korrigierte sie sich in scherzhaftem Ton. »Mitten in der Wüste. Sie ist einfach in meinen Fahrradkorb gesprungen und dort sitzen geblieben. Erst habe ich gedacht, dass sie ihre Chance ergriffen hat, um mit mir zusammen aus der Wüste wegzukommen, aber jetzt ist mir klar, dass das nicht der Grund war.«

»Was dann?«, fragte der alte Mann neugierig.

Doña Maru tätschelte Don Sergios Knie und lächelte.

»Was meinen Sie? Denken Sie nicht, dass Sie hier ziemlich einsam sind?«

Don Sergio warf einen Blick auf die Katze, die noch immer auf dem Grab seiner Frau lag. Dann nickte er.

»Glauben Sie wirklich, dass die Katze hier zu mir kommen wollte?«

»Ach, Katzen sind seltsame Tiere, finden Sie nicht?« Doña Maru betrachtete ihre Handflächen. »Aber sie sind auch sehr weise. Ich habe mal gehört, dass sie gern Menschen Gesellschaft leisten, die Hilfe oder neue Energie benötigen. Aber wahrscheinlich ist das nur ein Märchen, oder?«

Die Katze döste einfach friedlich weiter, während die beiden alten Leute über sie redeten. Erst nachdem sie aufhörten zu reden und eine Weile geschwiegen hatten, streckte sie sich und kam wieder zur Bank herüber.

»Wie es aussieht, hast du ein neues Heim gefunden«, sagte Don Sergio.

Doña Maru blickte in den Sternenhimmel.

»Wenn ich Ihren Sohn in Veracruz finde …«

»Veracruz ist riesengroß, und Sie kennen sich dort nicht aus.«

»… Wenn ich ihn finde, und das würde mich nicht überraschen, werde ich ihm sagen, dass sein Vater oft an ihn denkt.«

»Vielen Dank.«

Kurz darauf meinte Don Sergio, dass es schon ziemlich spät und an der Zeit sei, schlafen zu gehen. Er bot an, auf dem Sofa zu übernachten und Doña Maru sein Bett zu überlassen. Doch Doña Maru bestand darauf, auf dem Sofa zu schlafen, wobei sie scherzhaft darauf hinwies, dass dieses Sofa sicher bequemer sei als ihr Bett zu Hause. Don Sergio war klar, dass er eine Frau, die von Oaxaca aus mit dem Fahrrad bis hierhin gekommen war, nicht würde überzeugen können. Er wünschte ihr eine gute Nacht und ging zu seinem Bett hinüber, das in der Ecke stand.

»Wissen Sie was?«, meinte Doña Maru, während Don Sergio davonschlurfte. »Ich bin mir sicher, dass

Doña Lupe sich auch wünscht, dass Sie glücklich sind.«

Don Sergio stellte eine Schale mit Wasser für das Kätzchen auf dem Boden ab und lächelte Doña Maru zu, bevor er das Licht löschte. Sie blieb noch eine Weile im Dunkeln auf dem Sofa sitzen und dachte an den Tag, als ihr einmal jemand ein Pistazieneis geschenkt hatte. Das einzige Eis, das sie in ihrem ganzen Leben gegessen hatte.

Ihre Augen gewöhnten sich an die Dunkelheit, und so konnte sie später, als sie sich hingelegt hatte, sehen, wie die Katze auf das Bett des schlafenden alten Mannes sprang und sich am Fußende zusammenrollte.

Und dann schlief auch Doña Maru ein.

12

Doña Marus Einsamkeit

Die Möwe Jonathan entdeckte, dass nur Langeweile,
Angst und Zorn das Leben der Möwen verkürzen;
nachdem diese drei von ihr gewichen waren,
lebte sie ein langes und ein wahrhaft lebenswertes Leben.
RICHARD BACH

»Um so schnell zu fliegen wie die Gedanken, musst du mit dem Wissen beginnen, dass du angekommen bist …«

Hatte sie diese Worte wirklich gehört? Oder nur geträumt? Doña Maru war sich nicht sicher, als sie erwachte, aber im Grunde spielte es auch keine Rolle. Träume oder Wirklichkeit – waren sie nicht aus dem gleichen Stoff gemacht?

Zu ihrer Überraschung war Don Sergio bereits aufgestanden und kochte Kaffee.

»Guten Morgen«, grüßte er, als er sah, dass sie sich aufrichtete.

»Guten Morgen. Auch wenn es eigentlich noch fast Nacht ist …«

»Ich werde immer sehr früh wach«, erklärte ihr Gastgeber.

»Dann sind wir ja schon zwei.«

»Möchten Sie eine Tasse Kaffee?«

»Das wäre sehr nett. Und wie wäre es, wenn wir einen Karamellkeks dazu essen?«

»Das ist eine hervorragende Idee«, befand Don Sergio.

Auch die Katze sprang vom Bett, um etwas Wasser zu trinken.

»Glauben Sie, dass sie wieder weglaufen wird?«, fragte Don Sergio, während sein Blick auf dem Tier ruhte, das poussierlich das Wasser schleckte und anschließend nach draußen ging.

»Keine Ahnung. Aber ich denke, nicht. Schließlich war sie es, die herkommen wollte und mich zu Ihrem Haus geführt hat. Warum sollte sie also weglaufen?«

»Wer weiß schon, was im Kopf einer Katze vorgeht?«

Doña Maru zuckte mit den Schultern.

Don Sergio brachte ihr einen roten Metallbecher mit Kaffee. Er ging sehr langsam, und seine Hand zitterte wieder ein wenig.

»Ich hätte mir den Kaffee auch holen können«, sagte Doña Maru.

»Bemühen Sie sich nicht. Es ist lange her, dass ich Gäste hatte. Und man sollte immer höflich zu seinen Gästen sein.«

»Ja, man sollte höflich zu ihnen sein«, wiederholte Doña Maru.

»Wann werden Sie aufbrechen?«

»Sobald die Sonne aufgeht.«

»Sie sind wirklich sehr entschlossen«, meinte Don Sergio.

»Das hat mit Entschlossenheit nichts zu tun. Es ist mein Weg. Was sollte ich anderes tun, als ihm zu folgen?«

»Ich verstehe – der Weg wartet nicht.«

»Der Weg macht sich aber auch niemals davon. Wissen Sie, welchen Namen wir der Katze geben könnten?«

»Darüber habe ich noch gar nicht nachgedacht. Welchen Namen schlagen Sie vor?«

»Mir gefällt Azucena«, sagte Doña Maru. *Azucena* – Lilie. So hätte sie ihr Kind genannt, wenn es eine Tochter geworden wäre.

»Das ist ein hübscher Name. Ja, nennen wir sie Azucena.« Zum ersten Mal erhellte ein fröhliches Lächeln das Gesicht des Mannes.

»Vielen Dank für den Kaffee«, sagte Doña Maru. »Es wird Zeit, dass ich aufbreche. Sagen Sie Azucena alles Gute von mir, wenn sie wieder reinkommt. Und passen Sie gut auf sie auf.«

»Darauf können Sie sich verlassen.« Don Sergio begleitete Doña Maru zur Tür. »Vielen Dank für Ihren Besuch, und ich wünsche Ihnen viel Glück bei Ihrer Suche.«

»Dank, Don Sergio. Und wer weiß – vielleicht lernen Sie ja doch noch lesen«, meinte sie mit einem Blick auf die Ausgabe von *Pedro Páramo*. Sie lächelte und schaute noch einmal zu Lupes Grab hinüber. Dann nahm sie ihr Fahrrad und fuhr, eine Hand zum Gruß nach oben gereckt, davon.

* * *

Die folgenden Tage der Reise verliefen ruhig und ohne nennenswerte Zwischenfälle: Dem Tag folgte die Nacht, der Nacht folgte der nächste Morgen. Niemand kann feststehende Kreisläufe ändern wie den von Nacht und Tag oder den von Leben und Tod.

Doña Maru radelte durch die weite mexikanische Landschaft, ohne unterwegs auf jemanden zu treffen. Sie übernachtete im Freien, betrachtete nachts die Sterne, und am Morgen begrüßte sie den neuen Tag voller Dankbarkeit und Freude. Jeder Tag, der kam, war ein weiterer Tag, den sie erleben durfte, der sie ihrem Enkelsohn ein Stück näher brachte, den sie vorankam, um ihre Mission zu erfüllen, an dem sie die Schönheit der Welt betrachten konnte und der ihr die Gelegenheit gab, anderen Menschen zu helfen und von ihnen zu lernen.

Sie hatte die Wüste hinter sich gelassen, und am Wegrand grünte und blühte es. Doña Maru machte eine Pause, wenn ihr danach war, und legte jeden Tag die dreißig Kilometer zurück, die sie sich vorgenommen hatte. Bei ihren Pausen richtete sie sich nach ihrer inneren Uhr. So ganz genau konnte sie natürlich nicht sagen, wie lang die Strecke, die sie zurücklegte, wirklich war, doch da sie aufmerksam auf die Signale ihres Körpers achtete und eine gute Einschätzung hatte, wusste sie sehr gut, wann es an der Zeit war, anzuhalten.

An diesem Tag entschied sie, dass sie für heute ihr Ziel erreicht hatte, als sie auf der rechten Seite des Weges einen Wasserlauf entdeckte. Sie stieg vom Fahrrad und schob es ans Ufer, denn sie musste ihre Flasche auffüllen und sich erfrischen, und der Anblick des Wassers entspannte sie. Hier würde sie die Nacht verbringen.

An dem Bach sitzend, sah sie zu, wie die Sonne dem Mond und den Sternen den Platz überließ. Das leise silberhelle Plätschern des Wassers versetzte sie in einen Zustand absoluter Ruhe. Ihr Atem floss im Einklang mit dem Wasser. Sie hatte jedes Zeitgefühl verloren.

Als Doña Maru wieder zu sich kam, dachte sie einen Moment darüber nach, wie es sein konnte, dass dieses Bächlein so nah an der Wüste lag, die sie durchquert hatte, und wie es sein konnte, dass ihr Weg sie durch die kargsten Gegenden geführt hatte, wenn am Rande der Wüste doch wieder so viele Pflanzen wuchsen. Sie fragte sich, warum ausgerechnet sie dafür ausgewählt war, einem kleinen Kätzchen zu begegnen und mit ihm Don Sergios Einsamkeit zu vertreiben, und warum ihre Karamellkekse niemals zerbrachen.

Doña Maru atmete tief durch und konnte sich all diese Dinge nur damit erklären, dass sie irgendwie zu ihrer Mission gehörten. Und mit einem Mal spürte sie eine ungewisse Angst in ihrem Herzen. Sie fragte sich, wie ihr Enkel wohl in Wirklichkeit war und was geschehen würde, wenn sie ihn in Veracruz doch nicht fand oder er sie vielleicht zurückwies. Sie seufzte tief, und dann wanderten ihre Gedanken weiter zu ihrem Sohn. Hätte sie etwas tun können, um Santiago zu helfen?

Doch sie fand keine Antwort. Genau wie das Wasser des Bachs, das immer weiter floss, hatte es keinen Sinn, sich an eine Vergangenheit zu klammern, die es nirgendwo mehr gab außer in dem Kopf desjenigen, der sie heraufbeschwor. Wer wusste schon, ob das Unvorhergesehene, das geschehen war, nicht genau das war, was tatsächlich passieren sollte? Auch wenn es für einen selbst sehr traurig war. Viellcicht machte alles mehr Sinn, wenn man den Blickwinkel änderte und von seiner persönlichen Sicht auf die Dinge Abstand nahm.

Wenn man sich klarmachte, dass wir alle Teil eines einzigen miteinander verbundenen Bewusstseins sind, eines einzigen Lebens mit unzähligen Möglichkeiten der Ausdrucksweise. Auf diese Art konnte man, anstatt sich durch irgendein Unglück, das einem widerfuhr, verletzt zu fühlen, begreifen, dass dieses Ereignis vielleicht nur ein Teil des Werdens und der Entwicklung eines anderen Menschen war. Der Irrtum ist stets in der narzisstischen Vorstellung begründet, dass für uns allein ein Plan existiert, der den Rest der Menschheit ausschließt. Dass unsere persönliche Mission bedeutender wäre als die der anderen. Dass wir die Auserwählten wären. Dass die verschiedenen Wege parallel verlaufen und nur an den Stellen zusammentreffen, die der Alltag vorgibt. Dabei war es mit Sicherheit so, dass alle Lebewesen untrennbar miteinander verbunden waren, und zwar so sehr, dass der Versuch, sie voneinander zu trennen, um Ordnung zu schaffen und das Chaos zu kontrollieren, welches das Leben in seiner reinsten Form nun einmal bedeutet, von vornherein zum Scheitern verurteilt war.

Alle Menschen, denen Doña Maru auf ihrer Reise begegnet war, klammerten sich auf die eine oder andere Art an die Vergangenheit oder waren von ihren eigenen Erwartungen überfordert. Unfähig, innezuhalten, um über sich selbst hinauszusehen und die Tatsache zu genießen, dass sie am Leben waren. Dabei hätten sie nur ihre eigene Mission entdecken müssen, denn die eigene Mission zu entdecken war nichts, was Leid verursachte.

In jener Nacht führte Doña Maru all die Lektionen zusammen, die das Leben sie gelehrt hatte, und sie verstand plötzlich, dass sich hinter den vielfältigen Schicksalen eine einzige Mission für alle verbarg. Eine Mission, für die alle Menschen verantwortlich waren und die gleichzeitig jeden von einer schweren Last befreite, da die Suche ein Ende hatte. Die Menschen mussten lediglich realisieren, dass sie ihr Ziel erreicht hatten. Doña Maru schloss die Augen und atmete tief durch, während die Sterne vom Himmel auf sie niedersahen.

In ihre Gedanken versunken sah die alte Frau zu den Sternen auf, die alle in einem riesigen Kreis verbunden waren, der das gesamte Universum zu umfassen schien.

Sie fühlte sich alterslos und von Licht umhüllt, und sie begriff, worin ihre letzte Mission bestand, die in Wahrheit die Mission aller Lebewesen war. Und mit diesem Licht verspürte sie ein intensives Gefühl der Vergebung. Sie vergab ihren Eltern, Don Humberto, ihrem Sohn Santiago, Elmers Mutter und natürlich auch sich selbst. Alles, was man im Leben tat oder was geschah, barg die Möglichkeit in sich, allen Lebewesen und dem Leben insgesamt Liebe zu geben.

Doña Maru wusste, dass sie ihr Ziel erreicht hatte; dass sie, unabhängig davon, ob sie Elmer finden würde oder nicht, ihr Schicksal erfüllt hatte. Unter Tränen verstand sie, dass die Lösung darin bestand, loszulassen, sich an nichts Materielles, Mentales oder Spirituelles zu klammern. In jener sternenklaren Nacht wusste die Großmutter, die auf ihrem Fahrrad durch die Welt gefahren war – durch ihre kleine Welt, die von Oaxaca nach Veracruz reichte –, dass die Liebe zum Leben in jeglicher Form und der feste Glaube daran, dass das Universum sämtliche Kreaturen, die es umfasste, hegte und pflegte, die Antwort auf alles war.

Ein Fluss, der, ohne den Weg zu kennen, dorthin floss, wohin er fließen sollte. Eine Katze, die kam und ging. Die Sonne, die auf- und wieder unterging. Ein flüchtiger Kuss. Der Flug eines Schmetterlings. Eine Blume. Ein rennender Hund. Meereswellen unter dem Mond. Der Wind, der die Bäume wiegte.

All dies bildete ein zartes Netz, das alle Lebewesen irgendwann durchliefen.

Doña Maru setzte sich auf und zog sich die Strümpfe hoch. Sie fühlte sich leicht und befreit. Das Leben war keine Summe, in der eins und eins zwei ergaben oder in der auf A unbedingt B folgen musste. Es gab keinen Grund, sich Sorgen zu machen.

Weder die Zeit noch der Raum konnten sie einschränken. Weder Angst noch Zorn konnten sie aufhalten. Lediglich das helle Licht der Liebe war geblieben.

Und wie hätte ihr denn verwehrt werden können, was sie sich vorgenommen hatte, wenn ihre Wünsche doch den Wünschen des Himmels entsprachen und die Wünsche des Himmels den ihren?

Eingelullt von dem Geräusch des Wassers, das gleichmäßig dahinplätscherte, erschöpft von der Reise und vollkommen glücklich, sank Doña Maru in einen tiefen Schlaf.

13

Der Eisverkäufer von Veracruz

Einst träumte Dschuang Dschou, dass er ein Schmetterling sei, ein flatternder Schmetterling, der sich wohl und glücklich fühlte und nichts wusste von Dschuang Dschou.
Plötzlich wachte er auf:
Da war er wieder wirklich und wahrhaftig Dschuang Dschou.
Nun weiß ich nicht, ob Dschuang Dschou geträumt hat, dass er ein Schmetterling sei, oder ob der Schmetterling geträumt hat, dass er Dschuang Dschou sei, obwohl doch zwischen Dschuang Dschou und dem Schmetterling sicher ein Unterschied ist.
So ist es mit der Wandlung der Dinge.

ZHUANG ZI

Doña Maru träumte, dass sie eine Katze sei, doch als sie aufwachte, wusste sie nicht, ob sie geträumt hatte, dass sie eine Katze sei, oder ob eine Katze geträumt hatte, dass sie Doña Maru sei. Gab es irgendeinen Unterschied zwischen ihnen? War es möglich, in dem verworrenen Knäuel aus Bäumen, Menschen, Katzen, Schmetterlingen, Erinnerungen, Wellen, Gezeiten,

Hoffnungen, Freude, Traurigkeit und allen anderen nur vorstellbaren Dingen zu differenzieren? Vorausgesetzt, dass der Wandel das einzig Gewisse war, was es gab, war nichts dagegen einzuwenden, eine »Unterscheidung« zu akzeptieren – solange man sich darüber im Klaren war, dass es diese Unterscheidung in Wirklichkeit nicht gab. Es war, wie die Regeln eines Spiels anzuerkennen, um das Spiel spielen zu können. In diesem Sinne konnte jemand spielen, diese oder jene Person zu sein, einen bestimmten Namen zu haben, Erinnerungen oder Erwartungen zu haben, dass es eine Grenze zwischen ihm und der Umgebung gab, dass er ein Stuhl war, dass er etwas Bestimmtes nicht mochte … An all dem war nichts Falsches. Der Schlüssel lag darin, sich jederzeit bewusst zu sein, dass es sich nur um eine Art kosmisches Spiel handelte; das Ziel des Spiels aber war, zu erkennen und anzuerkennen, dass alle Unterschiede und Grenzen letzten Endes nicht existierten. Infolgedessen durfte man nichts allzu persönlich nehmen; musste man bei allem mit Veränderungen rechnen, die höchstwahrscheinlich auch eintraten.

Der Alltag jedoch drängte die meisten Menschen in eine andere Richtung: zu glauben, dass jeder Mensch die Last der Welt zu tragen hatte, dass wegzulaufen die sicherste Art war, zu entkommen – oder zu überleben –, dass die Existenz im ständigen Kampf gegen die anderen bestand, dass die Güter knapp waren, dass es angebracht war, aus dem Lauf des Lebens einen anhaltenden Dialog oder ein statisches Bild zu machen, dass es keine Lösung gegen körperliche oder geistige Starre gab, dass Gefühle zweitrangig waren, dass unbedeutende Verpflichtungen wichtiger waren als das Leben selbst, dass man alles kaufen und verkaufen konnte, dass alles von der Wiege bis zum Grab vorgezeichnet war.

Doña Maru ihrerseits war davon überzeugt, dass es nur eine einzige Verhaltensweise gab, einen einzigen Weg, eine einzige Frage, die man sich stellen musste: Sorgt mein Handeln für Liebe und Frieden oder versinke ich im Treibsand des Egoismus und des Schmerzes?

Und natürlich gab es auch nur eine einzige richtige Antwort.

Im individuellen Spiel des Lebens war es durchaus legitim, sowohl kulturelle als auch spirituelle oder materielle Ziele zu haben.

Jeder Mensch konnte und sollte sich selbst lieben und schätzen, ohne dem Narzissmus oder dem Egoismus zu verfallen, sollte Wünsche haben und sich Ziele setzen und wissen, dass er würdig war, all das Gute, das ihm im Leben widerfuhr, zu erhalten.

Am Ende war es nur wichtig zu verstehen, dass der Wandel die einzige Konstante war; dass im Grunde alle Menschen und sämtliche Lebewesen nur Sternenstaub waren, Strahlen aus Licht und Liebe, die vorübergehend eine Form angenommen hatten: als Felsen, Katzen, Schmetterlinge, Bäume und Blumen, als Tränen, Lachen, als Mutter und Vater, als Doña Maru oder Elmer. In ihrer Gesamtheit waren sie so groß wie das Universum und jeder einzelne doch so klein wie ein Sandkorn im ewigen Ozean des Lebens.

Und so näherte sich Doña Maru, die keine Philosophin war und so viel vom Leben wusste, unaufhaltsam der Stadt Veracruz.

* * *

Santiago. Ohne dass Doña Maru den Namen entziffern konnte, spürte sie, dass sie etwas Wichtiges gefunden hatte, als sie vor dem riesigen Wandbild stehen blieb.

»Wenn mein Enkel wirklich hier in Veracruz lebt, dann sicher in der Nähe des Meeres«, sagte sie sich, während sie das Gemälde betrachtete.

Es war ein farbenfrohes Graffiti, das einen Behälter voller Flaschen darstellte, der von bunten Blumen umgeben war und den Namen SANTIAGO enthielt sowie die Signatur *Elmer Expósito.* Das leuchtende Bild hieß Doña Maru in Veracruz willkommen, ohne dass sie es hätte lesen können. Von Oaxaca aus hatten die Hinweise der Menschen, denen sie unterwegs begegnet war, die Sterne und ihr guter Orientierungssinn sie nach Norden geführt. Nun musste sie nur noch dem Rauschen des Meeres folgen.

Als sie den zunehmenden Verkehr und die vielen Menschen gesehen und den salzigen Geruch wahrgenommen hatte, hatte sie geahnt, dass sie am Ziel ihrer Reise angekommen war. Und dann hatte sie die bemalte Wand gesehen, die ihr wie eine Verkündigung erschien. Doña Maru blieb vor einem alten Gebäude stehen, das Elmer Expósito auf der einen Seite mit seinem Bild bemalt hatte – es war jenes Bild, von dem Mario, der Junge mit dem *Star-Wars*-T-Shirt, gesprochen hatte. Tatsächlich begrüßte das Graffiti jeden, der in die Stadt kam. Es schien zu sagen: *Herzlich willkommen in Veracruz, der Stadt der Hoffnung und des Verzeihens.* Trotz der Gewalt, die es überall gab, sah der Künstler nur den Frieden. Und Frieden war es auch, den er durch seine Arbeiten verbreiten wollte.

Der Weg gabelte sich. Doña Maru stand auf ihr Fahrrad gestützt und betrachtete, ohne es zu wissen, das Werk ihres Enkels, als ein Mann an ihr vorbeiging.

»Entschuldigen Sie, Señor«, sprach Doña Maru ihn an, »können Sie mir sagen, welche Stadt das hier ist?«

»Das ist Veracruz, Señora«, antwortete der Mann mit verwundertem Blick.

»Ach, ja«, sagte sie lächelnd. »Der Kopf …«

»Geht es Ihnen gut?«, fragte der Mann, der wohl dachte, dass die alte Frau unter Alzheimer oder einer ähnlichen Krankheit litt.

»Ja. Ich bin nur etwas zerstreut. Mehr nicht. Vielen Dank.«

Der Mann wollte gerade weitergehen, als Doña Maru ihn zurückhielt.

»Wissen Sie, wer dieses Bild gemalt hat?«

»Elmer Expósito. Haben Sie die Signatur denn nicht gesehen?«

Doña Maru starrte auf das Bild und strich fasziniert mit einer Hand an der bemalten Hauswand entlang.

»Ich kann nicht lesen«, sagte sie leise, aber das hörte der Mann, der sich kopfschüttelnd entfernte, schon nicht mehr. »Schon wieder so eine Alte, die den Verstand verloren hat«, murmelte er.

Doña Maru warf einen letzten Blick auf das Gemälde und stieg wieder auf ihr Fahrrad. Sie fuhr ziellos durch die Straßen. Wie sollte sie in dieser riesigen Stadt nur ihren Enkel finden?

Nachdem sie mehrere Häuserblöcke hinter sich gelassen hatte, stieß sie auf ein anderes Graffiti. Auch wenn sie nicht lesen konnte, erkannte sie den Schriftzug wieder, der Elmers Signatur darstellte.

Zwei junge Frauen kamen an Doña Maru vorbei, und sie fasste sich ein Herz und sprach sie an.

»Entschuldigen Sie. Können Sie mir sagen, wo ich noch mehr Bilder von Elmer Expósito finden kann? Gibt es vielleicht auch eines in der Nähe des Hafens?«

Die Mädchen sahen sich erstaunt an.

»Veracruz ist voll von seinen Bildern«, sagte die eine, deren Haar blond gefärbt war. »Und natürlich gibt es auch in der Nähe des Hafens einige.«

»Wie komme ich denn von hier aus zum Hafen?«

»Sie müssen dort entlangfahren«, sagte das Mädchen mit den gefärbten Haaren und wies mit dem Finger in die entsprechende Richtung.

»Vielen Dank«, entgegnete Doña Maru, und die beiden Mädchen gingen weiter.

Jeder in Veracruz schien ihren Enkel zu kennen. Elmer Expósito, den Mann ohne Gesicht.

Doña Maru lenkte ihr Fahrrad ins Hafenviertel. Unterwegs entdeckte sie immer wieder Graffitis von Elmer. Sie musste kurz an Don Sergio und an seinen Sohn, den Eisverkäufer, denken und fragte sich, ob das Schicksal wohl wollte, dass sie sich begegneten.

Und dann entdeckte sie die Kräne, die in der Meeresbrise leicht schaukelten. Der Hafen musste schon ganz nah sein. Doña Maru fuhr weiter. Ihr Herz klopfte freudig, und sie wusste, dass all diese Bilder, diese Werke der Straßenkunst, diese Lieder des Friedens sie zu ihrem Enkel führen würden.

Schließlich gelangte sie an einen gepflasterten Platz. Dahinter war nur noch das Meer. Rundherum gab es einige Restaurants. Ein großes graues Gebäude erhob sich über alle anderen Häuser. Es sah alt aus. Eine der Seitenwände war auf sehr auffällige Art bemalt, mit abwechselnd weißen und bonbonrosafarbenen senkrechten Linien, die die gesamte Oberfläche bedeckten. In der rechten unteren Ecke war mit Farbe und einer Schablone ein kleiner Eisverkäufer aufgesprüht worden. Und nur zwei Meter daneben befand sich ein echter Eiswagen, der die gleiche himmelblaue Farbe hatte wie Doña Marus Fahrrad. Dahinter stand ein schlanker Mann in einer weißen Schürze. Er stand neben seinem Wagen und las in einem Buch, während er auf Kundschaft wartete.

Doña Maru fuhr langsam auf ihn zu. Der Mann hob den Blick, als sie herankam. Und je mehr sie sich ihm näherte, desto besser konnte sie seine Gesichtszüge erkennen, die ihr äußerst bekannt vorkamen. Der Eisverkäufer lächelte ihr zu, und sie lächelte zurück.

»Guten Tag, was kann ich für Sie tun?«

»Ich würde gern ein Eis essen«, antwortete Doña Maru und sah ihn über den Eiswagen hinweg an.

»Welche Sorte möchten Sie?«

»Ich habe in meinem ganzen Leben nur ein Eis gegessen. Und das war ein Pistazieneis.«

»Aaah … Pistazie ist nur schwer zu übertreffen. Aber ich könnte mir vorstellen, dass Sie nun vielleicht etwas anderes probieren möchten? Das stellt mich natürlich vor eine große Herausforderung …«

Der Mann scherzte, aber auf eine liebevolle, vertrauliche Art.

»Ich fürchte, ja«, sagte Doña Maru lächelnd. Sie ließ den Eisverkäufer nicht aus den Augen. »Und ich versuche mal, Ihnen zu helfen: Wenn Sie an meiner Stelle wären, welche Sorte würden Sie dann wählen?«

Der Mann kniff die Augen zusammen, nickte und lächelte, als versuche er, sich an etwas Angenehmes zu erinnern.

»Banane. Meine Lieblingssorte ist Banane.«

»Wenn das so ist, dann probiere ich gern mal ein Bananeneis.« Der Eisverkäufer kratzte eine große Kugel Eis aus dem Behälter und setzte sie sorgfältig auf das Hörnchen, wobei er der Kugel mit dem Eislöffel noch die letzte Form gab.

»Ich sehe, dass Sie Ihre Arbeit ernst nehmen«, meinte Doña Maru. »Das ist gut.«

»Ich sage immer, dass auch das kleinste Detail zählt. Das macht den Unterschied aus, nicht wahr? Dabei spielt es keine Rolle, ob man Architekt, Taxifahrer oder Eisverkäufer ist. Man sollte immer sein Bestes geben, finden Sie nicht?«

»Durchaus …« Doña Maru lächelte in sich hinein und machte Anstalten, Geld aus ihrer Schürze zu nehmen.

»Lassen Sie nur. Die Kugel geht aufs Haus. Mir gefällt die Farbe Ihres Fahrrads.« Der Eisverkäufer zwinkerte ihr komplizenhaft zu.

»Vielen Dank. In diesem Fall würde ich mich freuen, wenn Sie einen chilenischen Karamellkeks von mir annehmen«, sagte sie. Sie griff nach einem Keks in dem Beutel, der in ihrer Schürze steckte, und stellte fest, dass nur noch drei Stück darin waren.

»Vielen Dank«, sagte der Eisverkäufer. »Es ist lange her, dass ich zuletzt einen Karamellkeks gegessen habe. Und einen chilenischen Karamellkeks habe ich noch nie probiert. Sind die chilenischen Kekse denn so anders als die mexikanischen?«

»Na ja, beide sind Karamellkekse.«

Der Eisverkäufer schloss die Augen und atmete das Aroma ein, nachdem er den ersten Bissen genommen hatte.

»Köstlich«, meinte er dann.

»Das Eis auch«, entgegnete Doña Maru. Dann schwiegen sie beide für eine Weile, bis sie ihn fragte:

»Mir ist aufgefallen, dass Sie eben in einem Buch gelesen haben. Was ist das für ein Buch?«

»›Die Freistatt‹ von William Faulkner«, antwortete der Mann und zeigte ihr den Einband. »Aber zugegebenermaßen lese ich die Bücher von Paulo

Coelho genauso gern und nicht nur anspruchsvolle Literatur.«

»Ich kann überhaupt nicht lesen«, erklärte Doña Maru.

Der Eisverkäufer zog fragend die Augenbrauen hoch. Er hätte gern gewusst, warum sie ihn dann nach dem Buch gefragt hatte, wollte aber nicht unhöflich sein.

»Wo kommen Sie her?«, wechselte er das Thema.

»Aus Oaxaca«, antwortete Doña Maru, der eigentlichen Frage ausweichend.

»Und Sie sind mit diesem hübschen Fahrrad bis hierher gefahren?«

»So ist es.«

»In diesem Fall werden Sie das Lesen sicher nicht sehr vermisst haben«, meinte der Eisverkäufer.

Doña Maru lächelte.

»Ich habe aus reiner Neugierde nach dem Buch gefragt. Weil ich dachte, dass es vielleicht *Pedro Páramo* sein könnte.«

»*Pedro Páramo*? Sie meinen den Roman von Juan Rulfo?«, fragte der Eisverkäufer verwundert.

»Ich denke, ja.«

Der Eisverkäufer schaute in den Himmel. Wie es aussah, war ihm gerade etwas eingefallen, was ihn lächeln ließ.

»Ich erinnere mich, dass ich dieses Buch vor einiger Zeit gelesen habe«, meinte er schließlich. »Das war, bevor ich …« Seine Gedanken verloren sich in einer Vergangenheit, die er vergessen zu haben glaubte. Sein Blick war in eine Ferne gerichtet, die irgendwo hinter der alten Frau mit ihrem Fahrrad begann.

»Ich bin übrigens Doña Maru«, sagte diese und holte ihn wieder in die Gegenwart zurück.

»Entschuldigen Sie meine Unhöflichkeit. Ich bin Pablo«, meinte der junge Mann und reichte ihr die Hand.

»Ich weiß. Ihr Vater hat mir von Ihnen erzählt«, erklärte Doña Maru, während sie seine Hand schüttelte.

»Wie bitte?«

»*Pedro Páramo* – das Buch haben Sie in Ihrem Elternhaus zurückgelassen, stimmt's?«

»So ist es«, entgegnete der Eisverkäufer verblüfft. »Woher wissen Sie das? Woher kennen Sie meinen Vater? Wer sind Sie?« In seinem Gesicht zeichneten sich weder Misstrauen noch Furcht ab, sondern reine Neugierde. Er blieb ruhig und hatte seine Frage in dem Tonfall eines Menschen gestellt, dessen Seele für alles offen war, sogar für die wahnwitzigsten, unwahrscheinlichsten und seltsamsten Dinge, die das Leben bot.

»Ich weiß gar nicht, wo ich anfangen soll, wobei die Umstände eigentlich gar nicht so wichtig sind. Tatsache ist, dass ich vor einigen Tagen am Haus Ihres Vaters, Don Sergio Guzmán, vorbeigekommen bin. Und er hat mir angeboten, die Nacht auf seinem Sofa zu verbringen. Er hat mir von dem Buch *Pedro Páramo* erzählt, das er immer bei sich hat, um sich jederzeit an Sie zu erinnern. Und er hat mir von Ihnen erzählt.«

»Mein Vater? Und Sie haben gesagt, dass er Ihnen angeboten hat, in seinem Haus zu übernachten? Ich wusste gar nicht, dass der Alte vergessen hat, dass …«

»Dass er Ihre Mutter, Doña Lupe, vergessen hat? Das ganz sicher nicht. Er denkt immer noch ständig an sie.«

Der Eisverkäufer war völlig verblüfft. Nun wollte er erst recht alles über diese erstaunliche alte Frau wissen.

»Sie haben gesagt, dass Sie aus Oaxaca kommen. Was führt Sie denn nach Veracruz?«

»Haben Sie Familie?«, entgegnete Doña Maru statt einer Antwort.

»Nein – ich bin nicht verheiratet und habe keine Kinder, wenn Sie das meinen. Aber ich hatte eine Katze namens Azucena. Doch sie ist vor ein paar Wochen verschwunden«, schloss er betrübt.

»Nun, ich bin mir sicher, dass Sie Ihre Katze schon sehr bald wiedersehen werden«, meinte Doña Maru mit einem strahlenden Lächeln, das Pablo in diesem Moment nur noch mehr verwirrte.

»Was hat mein Vater Ihnen denn über mich erzählt?«

»Er hat erzählt, dass Sie sehr gern lesen und dass Sie in Veracruz als Eisverkäufer arbeiten. Warum sind Sie eigentlich von zu Hause weggegangen?«

»Ich habe es in Comala einfach nicht mehr ausgehalten – auch wenn dieses Dorf, in dem übrigens auch der Roman von Juan Rulfo spielt, von den Leuten das weiße Dorf genannt wird und wegen seiner Schönheit auch als ›Pueblo Mágico‹« bezeichnet wird, als magisches Dorf.«

Doña Maru verstand nicht ganz, was er damit meinte.

»Sie sind doch nicht hier, um nach mir zu suchen …?«

»Aber nein. Ehrlich gesagt, bin ich hier, um meinen Enkel zu finden. Wobei ich Ihrem Vater aber versprochen habe, Ihnen, falls ich Ihnen begegnen sollte, zu sagen, dass er Sie sehr vermisst. Und dass er Sie gern wiedersehen würde.«

Pablo presste die Lippen zusammen. Auch er vermisste seinen Vater.

»Und haben Sie Ihren Enkel schon gefunden?«

»Noch nicht.«

»Ich muss zugeben, dass das das Eigenartigste ist, was ich je gehört habe«, gestand der Eisverkäufer.

»Das ganze Leben ist eine eigenartige Angelegenheit.«

»Ja, so ist es wohl … Wie heißt denn Ihr Enkel?«

Doña Maru blickte auf die bemalte Wand hinter dem Eiswagen. Am unteren Rand entdeckte sie den Schriftzug, den sie inzwischen als Signatur ihres Enkels erkannte.

»Elmer Expósito.«

Pablo stützte sich auf seinen Eiswagen und musterte die alte Frau ganz genau.

»Sie sind die Großmutter von Elmer Expósito?«

»Ja. Ich bin hergekommen, um ihn kennenzulernen. Er weiß nicht, wer ich bin. Ich glaube, er weiß nicht einmal, dass er eine Großmutter hat.«

»Ich würde gern mehr von Ihrer Geschichte hören«, sagte Pablo und fuhr erwartungsvoll mit der Zunge über seine Lippen.

Da erzählte Doña Maru vom Grund ihrer Reise und von all ihren Erlebnissen – so wie es schon bei den Reisenden in der griechischen Antike üblich gewesen war, wenn sie einen unbekannten Ort erreichten. Sie berichtete von der kleinen Katze in der Wüste und wie diese sie zu seinem Vater geführt hatte. Und sie erwähnte auch den kuriosen Umstand, dass sie entschieden hatten, sie *Azucena* zu nennen – was, wie sich herausgestellt hatte, genau der Name war, den auch Pablo ihr gegeben hatte. Don Sergios Sohn hörte mit aufgestütztem Kinn zu und schien jedes Wort in sich einzusaugen.

»Manchmal werden wir träge. Die tägliche Routine, die Faulheit und die Bequemlichkeit bestimmen unser Leben«, sagte der Eisverkäufer, als Doña Maru geendet hatte. »Ich hätte meinen Vater schon längst besuchen sollen. Dennoch bin ich hier geblieben. Es ist nicht so, dass ich ihn nicht sehen will. Ich habe sogar große Lust dazu, aber dann lässt man einen Tag vergehen und dann den nächsten. Und schon ist eine Woche um. Dann ein Monat, ein Jahr, und am Ende geht das ganze Leben vorbei. Und nun sind Sie hier, um Ihren Enkel zu suchen. Dafür sind Sie extra mit dem Fahrrad aus Oaxaca gekommen. Ich weiß nicht, was ich sagen soll.«

»Da gibt es nicht viel zu sagen«, stellte Doña Maru fest. »Sind Sie denn mit Ihrem Leben zufrieden?«

»Bis heute war ich davon überzeugt. Auch wenn mich manchmal eine unerklärliche Traurigkeit überkommt. Als ob mir etwas fehlen würde. Und nun weiß ich, was es ist: Ich muss mich mit meinem Vater versöhnen. Er hat meine Mutter und mich eben auf seine Art geliebt.« Doña Maru drückte sanft Pablos Hand und hielt sie eine Weile in der ihren.

»Ihr Enkelsohn ist übrigens ein netter Kerl«, meinte der Eisverkäufer schließlich.

»Sie kennen ihn?«

Pablo sah die alte Frau liebevoll an.

»Wie konnten Sie nur wissen, dass Sie ihn in der Nähe des Meeres finden?«

»Das Meer ist das Leben. Wenn du keine Mutter hast, willst du immer zum Meer. Das Meer ist die Mutter aller Mütter. Ich habe immer weit weg vom Meer gelebt.« Doña Maru hob lächelnd und mit einem unschuldigen Blick die Schultern.

»Es heißt, dass niemand Elmer Expósito je zu Gesicht bekommen hat«, erklärte Pablo. »Aber ich weiß, dass er sehr gern Pistazieneis isst«, fügte er lächelnd hinzu. »Er ist ein guter Freund von mir. Er sagt immer, dass ich sein einziger Freund bin.«

Die Tränen liefen über Doña Marus faltiges Gesicht. Pablo bot ihr ein paar Papierservietten an, die sie schniefend entgegennahm.

»Glauben Sie, es wäre möglich, dass ich ihn sehen kann?«, brachte sie mühsam hervor.

Pablo wischte sich mit dem Handrücken den Schweiß von der Stirn und schaute zum Himmel. Die Sonne wurde intensiver. Als er den Blick wieder senkte, richtete er ihn auf den weiten Platz hinter Doña Maru. Er war menschenleer. Zwei Vögel landeten auf dem Pflaster, um gleich darauf wieder davonzufliegen.

»Er isst sehr gern Pistazieneis«, wiederholte Pablo ruhig und sah die alte Frau bedeutungsvoll an.

Doña Maru hielt den Atem an. Langsam wandte sie sich um. Ein junger, etwa zwanzigjähriger Mann in Jeans und einem weißen Hemd, der einen roten Kopfhörer aufgesetzt hatte, kam zielstrebig Schritt für Schritt auf den Eiswagen zu. Als er Pablo sah, lächelte er und hob die Hand zum Gruß.

Doña Maru wusste sofort, dass dies ihr Enkel Elmer war.

14

Ein Neuanfang. Der Kreis schließt sich. Der Kreis öffnet sich.

Wir steigen in denselben Fluss
und doch nicht in denselben,
wir sind es und wir sind es nicht.
HERAKLIT VON EPHESUS

Als der griechische Philosoph Heraklit diese Worte sagte – wenn er es denn wirklich getan hat –, die später von Platon und Plutarch wieder aufgenommen wurden, wollte er den Wechsel verdeutlichen, die Veränderung als wahren und einzigen Zustand des Daseins. Niemand kann zweimal in denselben Fluss steigen, und der Mensch, der in dem Wasser badet, ist nicht mehr derselbe. Alles ist der Veränderung unterworfen, wie wenn man beim I Ging, dem traditionellen chinesischen Orakel, die Münzen wirft. Doch wie jede große Erzählung deutlich macht, liegt das Ende einer Reise genau in dieser Veränderung. In einigen Fällen verläuft die Reise in kreisförmiger Struktur, sodass der Held oder die Heldin wieder zum Ausgangspunkt gelangt, aber ein anderer Mensch ist. Jede Reise bedeutet, zum Anfang zurückzukehren … als ein anderer Mensch. Und nichts wird gleich geblieben sein, auch wenn alles noch genauso aussieht wie zuvor. Zum Ursprung zurückkehren, aber in veränderter Form: Das ist der Sinn jeder Reise.

* * *

»Wie ich sehe, bist du guter Dinge«, stellte Pablo fest, als Elmer zu ihnen trat.

»Heute ist ein guter Tag. Der Coyote hat mir gerade mitgeteilt –« Elmer unterbrach sich und warf einen kurzen Blick auf die alte Frau, die am Eiswagen stand. »Der Coyote« war der Spitzname seines Agenten, dem er noch nie persönlich begegnet war und mit dem er sich nur über Handy und E-Mail verständigte. Wenn das Geld eines Kunden auf Elmers Konto eingezahlt worden war, schickte er das bestellte Kunstwerk an die Adresse, die der Coyote ihm nannte.

»Jedenfalls bin ich gekommen, um mit dir zu feiern und ein Pistazieneis zu essen.« Elmer hielt einen Moment inne. »Hey, warum weinst du?«

Er sah seinen Freund überrascht an und wandte sich dann der alten Frau zu, die ihn stumm ansah, während auch ihr die Tränen über die Wangen liefen.

»Was ist denn hier los?«, fragte er.

Seit der junge Künstler diese Frage gestellt hatte, hatte Doña Maru seine Hand nicht mehr losgelassen. Inzwischen ging die Sonne unter. Nach und nach nahmen der blaue Himmel und das türkisfarbene Meer die Farbe einer Blutorange an an. An dem kleinen Hafenbecken in der Nähe des Aquariums saßen Elmer und seine Großmutter nebeneinander und betrachteten schweigend den Golf von Mexiko. Sie hatten sich mehr als acht Stunden lang unterhalten.

»Elmer, ich möchte dir Doña Maru vorstellen, sie ist deine Großmutter«, hatte Pablo gesagt.

Zunächst hatte Elmer gedacht, dass sein bester – sein einziger Freund, wie er selbst erklärt hatte – einen Scherz machte. Die beiden hatten sich vor längerer Zeit kennengelernt, und trotz des Altersunterschieds hatten sie sich auch ohne große Worte beim Pistazieneis verstanden. Und nach und nach hatten sie ihre Herzen geöffnet – die Herzen zweier großmütiger, einsamer Menschen –, und es war eine tiefe Freundschaft entstanden.

»Deine Großmutter«, hatte Pablo wiederholt, und Elmer hatte noch ein zweites Mal die Gesichter der alten Dame und seines Freundes gemustert. Die Frau hatte seine Hand genommen und Pablo … Nun ja, so aufgewühlt hatte er Pablo noch nie gesehen. Außerdem war Don Sergios Sohn wirklich kein Mensch, der ständig Witze machte, sondern ein gebildeter, feinfühliger und rücksichtsvoller Charakter.

»Da muss es sich um einen Irrtum handeln«, meinte Elmer zögernd. »Ich habe keine Großmutter.«

»Und ich hatte bis vor Kurzem keine Ahnung, dass ich einen Enkel habe. Ich bin die Mutter von deinem Vater Santiago.«

Elmer biss die Kiefer zusammen und war wie vor den Kopf geschlagen. Die alte Frau konnte unterdessen nicht aufhören zu weinen. Sie war so ergriffen, dass sie kaum noch ein Wort herausbrachte.

»Das kann nicht sein«, stammelte Elmer schließlich.

»Doch, so ist es«, versicherte die alte Frau schluchzend.

Elmer spürte, wie sich die Anspannung löste und ihm die Tränen in die Augen traten. Niemals war ihm der Gedanke gekommen, dass er eine noch lebende Großmutter haben könnte, denn niemand hatte sie ihm gegenüber je erwähnt. Zu Beginn seiner künstlerischen Laufbahn hatte er nur den Wunsch gehabt, die Aufmerksamkeit seiner Mutter zu erregen. Damals hatte er davon geträumt, ein berühmter Künstler zu werden. So berühmt, dass sie davon erfahren musste, wo auch immer sie jetzt lebte. Im Laufe der Jahre war er dann tatsächlich ein namhafter Künstler geworden, aber er hatte die Hoffnung verloren, sie jemals wiederzusehen. Nach und nach hatte er die Angst überwunden, die tief in ihm saß, und begonnen, sein Herz wieder zu öffnen. Er hatte aufgehört, von einem Wiedersehen mit seiner Mutter zu träumen, und irgendwann hatte er seinem Vater und seiner Mutter verziehen, dass sie ihn im Stich gelassen hatten, und seinen Frieden mit ihnen gemacht. Von diesem Moment an war sein Werk in eine neue Phase eingetreten, die durch den starken Wunsch geprägt war, die Welt mit Frieden, Licht und Liebe zu erfüllen.

Und nun stand diese alte Frau vor ihm und behauptete, seine Großmutter zu sein. Von Herzen wünschte er sich, dass dies der Wahrheit entsprach. Die Zeit lief mit einem Mal rückwärts und führte ihn wieder zu seinen Wurzeln, die so früh herausgerissen worden waren. Aber nichts und niemand kann jemandes Wurzeln komplett herausreißen. Sie verzweigen sich unter der Oberfläche und bedecken die gesamte Erde wie ein unterirdisches Netz, das alles miteinander verbindet und weit über die persönliche Geschichte eines jeden Menschen hinausgeht.

»Wie heißen Sie?«, fragte Elmer mit belegter Stimme.

»Maru«, antwortete sie. »Ich bin Großmutter Maru.«

Da endlich griff der junge Mann nach den beiden Händen der alten Frau, um ihr dann in die Arme zu fallen. Pablo betrachtete die Szene und weinte wie ein Kind, weil sie ihn derart bewegte.

»Ich denke, ihr habt euch viel zu erzählen«, meinte er dann, während er sich mit einem Papiertaschentuch die Nase putzte.

Die Großmutter und ihr Enkel beschlossen, gemeinsam ein Stück spazieren zu gehen. Elmer bot an, das Fahrrad zu schieben, woraufhin Doña Maru entgegnete, dass sie sich beim Gehen gern ein bisschen darauf stützte.

»Du kannst dich auf mich stützen«, sagte Elmer.

Er griff mit der linken Hand nach dem Fahrrad und bot der alten Frau seinen rechten Arm. Sie hatten alle Zeit der Welt.

In den folgenden Stunden erzählten sie sich ihr ganzes Leben. Die Erinnerungen reihten sich, einer eigenen Logik folgend, aneinander – ohne der chronologischen Abfolge der Ereignisse zu entsprechen. Anekdoten aus der Kindheit vermischten sich mit Episoden aus der jüngsten Vergangenheit. Elmer erzählte seiner Großmutter, wie er kurz vor seinem dreizehnten Geburtstag aus dem Waisenhaus weggelaufen war und ein ähnliches Leben geführt hatte wie die junge Maru. Die Versuchung, sich einer der Straßenbanden anzuschließen, um sich ein wenig sicherer zu fühlen, war groß gewesen, doch schließlich hatte Elmer sich dafür entschieden, seinen Ängsten und Träumen auf künstlerische Weise Ausdruck zu verleihen. Etwas in seinem Inneren hatte ihm gesagt, dass die Sicherheit einer kriminellen Straßenbande ein Trugschluss war und dass man, wenn man den falschen Weg wählte, dies meistens mit dem Leben bezahlte. Denn in diesem Milieu gab es keine Zukunft.

»Eigentlich hat mich mein Vater davor bewahrt«, sagte er.

»Wie ist das möglich? Zu dieser Zeit war Santiago doch bereits tot.«

»Sein elendes Ende hat mir die Augen geöffnet. Auch wenn ich mich nicht mehr ganz genau an ihn erinnern konnte, war mir doch ganz klar, dass sein früher Tod die Folge vieler falscher Entscheidungen war. In gewisser Weise hat er mir eine schmerzliche, aber wertvolle Lektion erteilt: Er hat mir gezeigt, dass ich seinen Weg auf keinen Fall einschlagen durfte. Dafür bin ich ihm dankbar. Ich verbeuge mich vor ihm, obwohl ich mich kaum noch an ihn erinnere.«

Doña Maru drückte anteilnehmend den Arm ihres Enkels. Sie konnte sich sehr gut vorstellen, wie schwer es Elmer gefallen sein musste, als zutiefst verunsicherter Junge dem Irrsinn und der Versuchung zu widerstehen, einen vermeintlich einfachen, aber ausweglosen Weg zu wählen. Doch es war ihm gelungen, weil er es geschafft hatte, das Unabänderliche anzunehmen und zu verzeihen. Er hatte den Weg der Liebe gewählt. Er hatte sich mit seinem Vater innerlich ausgesöhnt und seine Mutter so akzeptiert, wie sie war. Und er hatte sich selbst zu schätzen gelernt. Er verspürte nicht mehr den Wunsch nach Anerkennung, obwohl er inzwischen weltberühmt war. Wenn er arbeitete, setzte er seinem Geist keine Grenzen, er hatte keine andere Motivation mehr als das Werk und die Kunst an sich. Während er arbeitete, löste er sich auf, verschmolz mit dem gesamten Universum. Die Zeit hörte auf zu existieren. Er selbst hörte auf zu existieren und verwandelte sich in reine kreative Energie. Indem er sein eigenes Ich aufgab, umarmte er die gesamte Schöpfung.

»Ich habe auf meiner Reise durch Mexiko eine Frau kennengelernt, die mir erzählt hat, dass sie vor einiger Zeit deiner Mutter begegnet ist. Sie wusste nur, dass sie in die Vereinigten Staaten gegangen ist. An ihren Namen konnte sie sich nicht erinnern.«

»Und wie hieß diese Frau?«

»Hope Deren. Eine Künstlerin.«

»Hope Deren … Wie diese Phantom-Künstlerin? Von der niemand weiß, wo sie sich versteckt?«

»Ich schon«, entgegnete Doña Maru mit einem verschmitzten Lachen.

Elmer nahm sein Handy aus der Hosentasche und gab etwas ein.

»Ist das die Hope Deren, von der du sprichst?«, fragte er und zeigte ein Foto der Künstlerin, das aus der Zeit stammte, bevor sie beschlossen hatte, sich aus dem öffentlichen Leben zurückzuziehen.

»Ja, das ist sie.«

»Hat Hope Deren dir von mir erzählt?«

»Deine Mutter hat ihr von dir erzählt. Sie sind sich zufällig auf der Durchreise begegnet und haben zusammen etwas getrunken. Sie hat Hope einiges aus ihrem Leben erzählt. Auch von deinem Vater. Ich glaube nicht, dass sie von seinem Tod wusste. Einige Jahre nach dieser Begegnung hat Hope deine Bilder gesehen, eins und eins zusammengezählt, und dann bin ich ihr in der Wüste begegnet … Und nun bin ich hier.«

»Ja«, entgegnete Elmer und lächelte schüchtern.

Dann schwiegen sie für eine Weile.

Elmer beschloss, Doña Maru das kleine Hafenbecken in der Nähe des Aquariums zu zeigen. Das war sein liebster Ort. Er wollte mit ihr gemeinsam dort sitzen und auf den Golf von Mexiko blicken. Aufs Meer.

»Warum warst du heute Morgen eigentlich so glücklich, als du zum Eiswagen gekommen bist?«

»Ein gewisser Ernesto Borrón, ein reicher Geschäftsmann, hat gerade eines meiner Werke erworben. Mein Agent, den ich im Spaß den ›Coyoten‹ nenne, weil er so geschäftstüchtig ist, hat mir gesagt, dass dieser Mann viel Geld dafür bezahlt hat. Ich wollte diese gute Neuigkeit gern mit Pablo teilen und dabei ein Pistazieneis mit ihm essen. Das ist meine Lieblingssorte.«

»Meine auch«, meinte Doña Maru. »Und eigenartigerweise habe ich einen Mann namens Ernesto Borrón in einer sehr abgelegenen Bar mitten in der Wüste kennengelernt.«

»Was für ein Zufall!«

»Es gibt keine Zufälle, mein Junge. Ich musste dich finden, davon war meine ganze Seele erfüllt. Dass ich auf all diese Menschen getroffen bin, war nichts anderes als ein Zeichen nach dem anderen. So habe ich den richtigen Weg gefunden.«

Doña Maru erzählte ihrem Enkelsohn von Don Sergio, Pablos Vater, und der Katze Azucena, die sie gewissermaßen zu seinem Haus geführt hatte. Sie erzählte von Esmeralda und natürlich auch von Francisco Javier, dem Boxer und der *Pokémon*-Karte.

»Pokémon«, wiederholte Elmer nachdenklich. Er erinnerte sich noch gut an die Karte, an Francisco Javier, diesen molligen, schüchternen Jungen, und an den Tag, an dem er das Waisenhaus verlassen hatte.

»Er hat mir gesagt, dass du ihm die Karte nicht mehr zurückgeben musst.«

»Wie seltsam«, sagte Elmer. Er lächelte im Gedanken an die abgenutzte Karte, die er in seiner Brieftasche stets mit sich trug. »Ich hatte die Geschichte mit der Karte schon fast vergessen«, fügte er mit einem zärtlichen Lächeln hinzu.

Vor ihnen wurde das Meer allmählich zu einer dunklen Masse, und in den Häusern der Bucht flammten die ersten Lichter auf. Doña Maru steckte die Hand in ihre Schürzentasche und nahm die beiden letzten Karamellkekse heraus, die ihr noch geblieben waren.

»Möchtest du einen Karamellkeks?«

»Gern, Großmutter«, entgegnete Elmer. Sie steckten die Köpfe zusammen, und so, dicht an dicht, wobei der Enkel den Arm um die Schultern seiner Großmutter gelegt hatte, betrachteten sie die Sterne.

Nach einer Weile schlug Elmer vor, dass sie zu ihm nach Hause gehen sollten. Doña Maru erschien dies eine gute Idee, denn sie war ein wenig müde.

»Ich möchte, dass du das Fahrrad behältst«, sagte sie, als sie nebeneinander hergingen.

»Aber was wirst du ohne dein Fahrrad machen?«

Doña Maru lächelte und ließ sich mit der Antwort Zeit.

»Ich brauche es nicht mehr. Meine Reise ist beendet, der Kreis hat sich geschlossen. Nun beginnt eine neue Reise: deine.« Sie schwieg einen Moment und nickte dann ein paarmal. »Wir haben zusammen viele Abenteuer erlebt«, sagte sie schließlich mit einem zärtlichen Blick auf das himmelblaue Fahrrad. »Und ich weiß, dass du mein Fahrrad in Ehren halten wirst.«

»Darauf kannst du dich verlassen, Großmutter«, meinte Elmer. Und dann gab er der alten Frau einen Kuss auf die Stirn.

* * *

Eine Woche später begleitete Elmer Doña Maru nach Hause. Auf der Suche nach seinen Wurzeln wollte er den Ort kennenlernen, an dem seine Großmutter wohnte. Er wollte mehr über sie wissen, über seinen Vater und all das, was nicht mehr da war.

Er wollte das Waisenhaus aufsuchen, in dem er gelebt hatte (auch wenn er wusste, dass sich in dem Gebäude schon lange kein Waisenhaus mehr befand). Er würde Señora Arriaga kennenlernen und all die anderen Freunde Doña Marus. Er würde dort eine Wand bemalen und damit gleichzeitig das Gebäude aufwerten und seine Botschaft von Liebe, Frieden und Hoffnung mit anderen teilen. Auch wenn er lieber anonym geblieben wäre, machte es ihm kaum noch etwas aus, sich der Welt zu zeigen. Seine Großmutter hatte für sich den Kreis geschlossen, doch für ihn hatte sich ein neuer Kreis geöffnet. Denn so ging das Leben voran, in einem endlosen Reigen, der alle Lebewesen miteinander verband. Der unablässige Wechsel. Die Verwandlung. Die Einzigartigkeit.

Elmer hatte ein neues Ziel: Er würde seine Welt mit dem Fahrrad bereisen, das seine Großmutter ihm geschenkt hatte. Eine Reise, die niemals zu Ende sein würde und die sie immer miteinander teilen würden.

Ein neuer Tag begann. Die ersten Sonnenstrahlen tanzten im ewigen Rhythmus des Lebens über die Erde. Elmer trat aus Doña Marus Haus.

»Großmutter, ich dreh mal eine Runde!«, rief er von draußen in das bescheidene Haus hinein.

Auf Doña Marus Wunsch hatte er auf eine der Wände ein Bild gemalt: ein himmelblaues Fahrrad und einen kleinen Karamellkeks.

Er nahm das Rad, das an der Wand lehnte, und setzte sich die roten Kopfhörer auf. Dann sah er zum Horizont. Ein langer Weg erstreckte sich vor ihm. Wo er hinführen würde, hing nur von ihm ab. Er wählte einen Song aus und drückte auf die Play-Taste. *Electrolite* von R.E.M. schallte aus dem Kopfhörer. Elmer griff nach dem Lenker, schloss für einen Moment die Augen und richtete sein Gesicht in den Himmel. Er atmete tief ein und lächelte.

Und dann fuhr er los und spürte, wie lebendig er war.

Schlussbemerkung

Dieses Buch ist ein Familienprodukt. Meine Inspirationsquelle ist meine Frau Flu, die ein Mensch mit überdurchschnittlicher Sensibilität und Intelligenz ist. Von ihr stammen auch die Korrekturen und die unschätzbar wertvollen Beobachtungen. Sie ist nicht nur meine Muse, sondern auch meine wichtigste und beste Mitarbeiterin.

Die Zeichnungen hat mein Sohn Adrián gemacht. Ich weiß nicht, wann du, lieber Leser, dieses Buch lesen wirst, aber er war vierzehn Jahre alt, als er die enorme Herausforderung angenommen hat, Bilder zu malen, die »wesentlich einfacher sind, als er zu zeichnen fähig ist«. Außerdem hat er auch die Kapitel, in denen es um die Jugend geht, durchgesehen und verbessert (und auch ansonsten viele Ideen beigetragen). Wenn ich schon das Glück hatte, dass mein Sohn genau im richtigen Alter war, als ich dieses Buch geschrieben habe, warum hätte ich das nicht ausnutzen sollen?

Wie du dir denken kannst, lieber Leser, enthält dieses Buch auch viel von meiner eigenen persönlichen Entwicklung (wenn du Lust hast, dann schau dir doch mal meine anderen Werke an, dann wirst du verstehen, was ich meine). Einige Menschen haben auf diese grundlegende Veränderung mit Verwunderung reagiert (Ein ernsthafter Philosoph, der sich plötzlich mit »persönlicher Entwicklung« und »Mystizismus« beschäftigt? Bist du verrückt geworden? Hast du William Faulkner durch Paulo Coelho ersetzt?). Dazu kann ich nur noch eines sagen: Die einzige Konstante im Leben ist die Veränderung. Unser Leben nimmt allein für sich selbst seinen Lauf; wir müssen nur aufmerksam sein und seinem Rhythmus folgen. Was dann geschehen wird? Welche neuen Abenteuer uns noch bevorstehen? Wohin der Wind uns weht? *Was wir anschließend sein werden?* Das weiß niemand. Daher vergesst alle Etiketten und nehmt euch selbst nicht ganz so ernst. Letztendlich haben wir nicht die geringste Ahnung, was wir hier tun, und können uns nur dem Spiel anschließen, um es herauszufinden.

Lasst uns spielen.

Möglichkeiten, mit Gabri Ródenas Kontakt aufzunehmen:
Twitter: @gabrirodenas
Facebook: facebook.com/gabrirodenas
Web: www.comomeconvertienunescritormillionario.com
#DoñaMaruDice

Quellen:
Seite 34: Eckhart Tolle: *Jetzt! Die Kraft der Gegenwart*, aus dem Amerikanischen von Christine Bolam und Marianne Savita Nentwig, 6. Auflage, Kamphausen 2002
Seite 53: Jon Kabat-Zinn, *Das Abenteuer Achtsamkeit,* Übersetzung von Mike Kauschke, Arbor Verlag, 2013
Seite 148: Thich Nhat Hanh: *Jeden Augenblick genießen*, Herder Verlag, Freiburg im Breisgau, 2011
Seite 162: Richard Bach, *Die Möwe Jonathan*, Ullstein 2017, Übersetzung von Jeannie Ebner
Seite 172: Zhuang Zi: *Das wahre Buch vom südlichen Blütenland*, Düsseldorf/Köln 1972, S. 7-26, gemeinfrei

Die Übersetzung dieses Buches wurde mit freundlicher Unterstützung
von Acción Cultural Española, AC/E realisiert.

AC/E
ACCIÓN CULTURAL
ESPAÑOLA

ISBN 978-3-85179-455-7

Die Originalausgabe erschien bei Ediciones Urano, Madrid
Titel der spanischen Originalausgabe:
La abuela que cruzó el mundo en una bicicleta

Aus dem Spanischen übersetzt von Anja Rüdiger
Umschlaggestaltung: Christina Krutz, Biebesheim am Rhein
Satz: Christine Paxmann • text • konzept • grafik, München
Druck und Bindung: GGP Media GmbH, Pößneck

www.thiele-verlag.com